모던걸·모던뽀이의 연애와 사랑

모던걸 · 모던뽀이의 연애와 사랑

초판 1쇄 인쇄 2012년 05월 16일
초판 1쇄 발행 2012년 05월 23일

지은이 | 현진건 외 8인
엮은이 | 편집부
펴낸이 | 손형국
펴낸곳 | (주)에세이퍼블리싱
출판등록 | 2004. 12. 1(제2011-77호)
주소 | 153-786 서울시 금천구 가산동 371-28 우림라이온스밸리 C동 101호
홈페이지 | www.book.co.kr
전화번호 | (02)2026-5777
팩스 | (02)2026-5747

ISBN 978-89-6023-907-4 04810
ISBN 978-89-6023-773-5 04810(세트)

일제강점기 한국현대문학 시리즈

003

일제강점기 지식인 연애사 탐구

모던걸·모던뽀이의
연애와 사랑

현진건 외 8인 지음
편집부 엮음

일제강점기의 궁핍한 청춘들이
오늘의 유복한 청춘들에게
진정한 사랑이 무엇인지 가르친다

ESSAY

사실혼 관계를 포함해 15세 이상의 결혼한 사람을 뜻하는 유배우자의 이혼율이 통계청 조사를 시작한 2001년 이후 최저치를 기록했다는 보고가 최근에 있었습니다.

이유와 어찌됐든 이혼율이 감소했다는 것은 결혼을 꿈꾸는 사람들에게 긍정적인 메시지를 줄 수 있다는 점에서 기쁜 소식입니다.

이 책은 일제 강점기를 살았던 지식인들의 다양한 연애 이야기를 소재 삼고 있습니다. 이 시절은 억압의 시기였지만 연애는 막힘이 없었습니다. 일제강점기 지식인들의 사랑은 솔직하고 직설적이고 때론 왜곡된 형태의 관계로 나타나지만 결국 그것을 포용하고 이해하는 것은 서로에 대한 신뢰, 그리고 사랑의 힘이라는 것을 작품은 보여주고 있습니다.

연인들과 부부로 사는 지식인들의 다양한 모습을 통해 사랑과 결혼의 의미를 재발견하고, 자신이 선택한 상대를 이해하고 배려하여 다시 가슴 뛰는 사랑을 하기를 바랍니다.

2012년 5월
편집부

차
례

2부

남편과 아내

모던걸·모던뽀이의 연애와 사랑

1부

여자와 남자

남자 없는 나라

"여봐요, 정희 씨! 우리 둘 사이에 사랑이 식어서 싫증이 나거든 단연히 갈립시다."

"그렇게 하는 게 옳겠지요. 그렇지만은 사랑이 한편만 식고, 한편은 식지 않은 경우에는 어떻게 할까요?"

"한편이 아무리 식지 않아도 할 수 없겠지요. 식지 않은 편은 식은 편을 위하여 눈물을 머금고라도 축복해야 되겠지요."

"그러면 제가 변심을 하는 때가 있어도, 저를 조금치도 미워하지는 않으시겠습니다그려!"

"그러고말고요. 밉단 생각을 열렬한 사랑으로 태워버리겠지요."

"참으로 그렇게 될까요?"

"되고말고요. 그리해야 됩니다."

"그러면 만일 싫증이 나시거든 언제든지 말씀해주세요. 저도 싫증이 나면 속이지 않고 말씀을 여쭐 터이니."

"암, 그러고말고요, 사랑으로써 사랑하는 사람의 행동을 속박하여서는 안 됩니다. 사랑할수록 사랑하는 사람의 의사를 존중하여야 됩니다."

이것은 K부부가 결혼 전 달콤한 사랑이 클라이맥스에 이를 때에 격에 넘치어 맹세 겸 한 말이었다.

K의 문 두드리는 소리가 야경꾼의 딱딱이 소리보다 앞서서 그의 아내의 귀에 들어온 일이 별로 없었다. 딱딱이 소리의 뒤를 따라서 들어오는 것만도 아내에게는 다행한 일이었다.

눈 위에 비가 내렸던 날 밤이다. 녹은 눈이 얼음이 되어 지열을 아주 봉쇄한 까닭인지, 다시 춥기 시작하였다. 주정등酒精燈을 전신에 켜고 천방지축으로 축지법 연습을 하다가 실족을 하였다.

의사의 말을 들으면 2주일 동안은 안정해야 된다고 한다. 병석에 드러누워 있는 K의 마음은 붙잡아 맨 경기구輕氣球[1]처럼 공중에 휘돌았다. 걱정을 해야 할 아내는 전일에 보지 못하던 웃는 얼굴을 높이어 보인다.

"사람이 아퍼 죽겠는데, 웃을 게야 뭐람?"

"기쁘니까 웃지요."

"기쁘다니?"

"집에 점잖이 들어 있으니 말이에요."

"팔자 사납다."

K는 벽을 향하고 돌아눕는다.

"여봐요. 제게 할 말을 잊으신 것 없어요?"

"무슨 말?"

K는 아내 편을 향한다.

"나는 이제는 싫증이 났다고, 사랑이 식어서."

"깜박 잊었지."

"깜박 이태 동안이나 계속했습니다그려."

"약속 하나 생각만 잊은 게 아니라, 당신의 존재를 전부 잊어 버린 것이지요."

"그러면 지금 당신 앞에 앉은 것은 무엇이에요?"

"밥 해주고, 옷 해주는 충실한 친구."

"꼭 그렇습니까?"

"물론."

부부는 다 같이 아무 말이 없다.

"저는 공상일는지도 모르지만요. 이러한 것을 늘 생각해요."

"무슨 생각?"

"저 결혼하지 않고 그대로 지닐 사랑이 있으면, 다시 한 번 사랑을 해볼까 하는 생각이에요."

"그것은 좋은 생각인걸! 그렇지만 그런 생활은 남자가 아니 사는 나라로 가야만 할 걸!"

K의 아내는 한숨을 길게 쉰다.

『조선일보』, 1929

---

1) **경기구**輕氣球 : 공중에 띄운 풍선.

날러간 청조青鳥

연애와 결혼문제

보통학교普通學校 시절이었다.

K는 남학교에서 우등優等을 한다. 나는 여학교에서 우등을 한다.

남녀학교 합하여 시상식이 있을 때마다 두 사람은 틀림없는 우등생이었다. 그리하여 두 사람은 서로 이름을 잘 기억하였고 얼굴을 잘 알게 되었다. 길에서 만날 때는 아무 말 없이 고개를 숙이고 공연히 낯을 붉히었다.

K는 내 백형伯兄[1]의 가장 사랑하는 아해[2]였다. 어느 날 내 백형은 K에게,

"너 더 공부해 가지고 내 누이하고 혼인해라."

하였다. K는 어린 마음에 아무 대답을 아니 하였으나 속마음으로는 단단히 세음[3]을 차리고 있었다.

내가 고등보통학교를 졸업할 때다.

신문지상에 우등생으로 기재되었었다. K는 이것을 보았다.

하루는 나를 극히 사랑하는 W 선생이

"혜석이." 하고 부른다.

"네."

하는 내 대답은 W 선생의 표정이 이상한 것을 보고 공포를 느꼈다.

"이 사람 아오?"

하고 편지 겉봉을 보이며 주위를 흘김흘김 본다. 거기에는 K○○이라고 써있다.

"네, 알아요."

내 대답은 극히 부자연스러웠다.

"누구요?"

W 선생의 표정은 엄숙하였다.

"제 오빠 친구예요."

내 목소리는 가늘었다.

"비밀히 보고 찢어버리오. 또 문제가 될까 보아 아무도 몰래 갖다 주는 것이오."

기숙사 생도에게 낯선 편지가 오면 사감이 뜯어보고 곧 직원회에 제출하여 큰 문젯거리를 삼는 것이었다. 다소 내 장래를 사랑하는 W 선생은 삼전우표三錢郵票 두 장 붙여 내게 온 편지가 수상스러워서 얼른 감추었다가 갖다 준 것이었다.

묵직한 편지를 받아든 내 손은 떨리었고 내 가슴은 두근거렸다. 치맛자락에 싸가지고 얼른 뒷간으로 가서 안 마련 똥을 누면서 뜯었다.

그 편지는 강호천江戶川 용지에 먹 글씨로 잘게잘게 쓴 두어 발이나 되는 편지였다. 그 요지는 이러하였다.

경애하는 R양

귀양貴孃과 내가 한 자리에서 상을 타던 때가 작일昨日[4] 같은데 벌써 귀양은 고등여학교를 졸업하고 나는 농림학교를 졸업하게 됩니다그려.
봄 하늘 맑은 달밤에 농사시험장 삼림 사이로 거닐 때 남아男兒의 심회心懷[5], 어찌 그리운 사람의 자취를 찾으려 아니 하리까.
R씨.
나는 R씨를 대단히 사랑합니다. 지금뿐 아니라 영원히 사랑하려고 합니다.
R씨! R씨는 당신의 전 생명을 내게 받치어 나를 믿고 나를 사랑해 주기를 바랍니다.
나는 내 전 생명을 받치어 R씨를 행복하게 해 드리겠습니다.
이 모든 것을 허락해 주시기를 바라고 속히 결혼해 주시기를 바라나이다.

운云

이었다.

  나는 이 편지 답장을 써야 좋을지 아니 써야 좋을지 몰랐다.

  그리하여 내 사랑하는 친구를 데리고 밤에 촛불을 들고 교실로 가서 이 편지를 보이고 상의하였다.

  C는 큰일이나 난 것처럼 눈이 둥그레서,

  "얘 그 편지 가지고 있지 말고 속히 불에 살러라."

하였다. 나는,

  "얘, 편지 답장을 해야 할까 아니 해야 할까?"

  "안 하면 또 오게."

  "또 오면 문젯거리가 되어서 망신을 하면 어쩌니. 간단히 하려무나."

  두 사람은 꾸부리고 앉아서 답장 초草를 잡았다.

  "혜서惠書[6]는 감사히 받아 보았습니다. 나는 졸업하고 동경으로 공부하러 갑니다. 그러므로 내게는 아직 없는 문제입니다."

  그 후 동경에 있을 때 K에게서 두어 번 연하장을 받고 소식이 끊겼다. K의 먼 친척 누이 되는 S를 만났다.

  "K는 혼인을 했다오."

하는 말에 깜짝 놀라,

  "누구하고."

"구식여자하고."

"언니 아니면 죽어도 장가들지 않겠노라 하는 것을 부모가 다 늙고 장자長子인 관계상 할 수 없이 혼인을 하였으나 지금도 나만 만나면,

"애, R씨 잘 있니 하고 한숨을 쉰다오."

나는 묵묵할 뿐이었다.

그러한지 한 십 년 후 일이다.

나는 화산에 있는 우리 어머니 산소에를 갔다 오는 길이었다. 웬 노동자도 아니요, 신사도 아닌 노동복을 입고 밀집 벙거지[7]를 쓴 거무툭툭한 사람이 앞에 서서 나를 바라보더니 얼른 내 앞에 서며 모자를 벗고,

"실례입니다마는 R씨가 아니십니까?"

나는 깜짝 놀라 걷던 걸음을 멈추고

"네, 누구세요?"

"나를 알아보시지 못하십니까, 나는 K○○입니다."

"네, 오래간만입니다. 그 사이 안녕하셨어요?"

자세히 그의 얼굴을 보니 어렸을 때 티가 완연히 보였다.

"여기가 우리 집이니 잠깐 들러 가시지요."

"네, 그러지요."

나는 무의식중에 대답하였으나 그 부인과 살림살이를 구경할 호기심이 생겼다.

그는 앞을 서고 나는 뒤를 따라 논두덩 밭두덩을 거쳐 농촌에 유난히 번적거리는 함석지붕의 단아한 문화주택으로 된 감독監督 사택舍宅[8]으로 들어섰다.

머리 쪽진 부인은 이상한 눈으로 불친절하게 맞아주며 두 살 먹은 어린애는 앙앙 울고 있다.

그 기분은 조금도 따뜻한 맛이 없고 찬 기운이 돌았다.

K는 하인을 시켜 닭을 잡으라 하고 손수 딸기를 따서 진객珍客[9] 대접을 한다. 수저를 마주 잡았을 때 K는 술에 얼근히 취하여,

"R씨!"

하고 부른다.

"네."

"나는 R씨를 잊을 수가 없어요."

그의 눈에는 눈물이 글썽글썽하였다.

"R씨는 왜 나를 버리셨습니까?"

"내가 왜 K씨를 버려요. K씨가 나를 버렸지요. 그렇지 아니해요. 먼저 결혼한 자에게 죄가 있지, 내게 무슨 죄가 있어요?"

"네, 할 말은 없습니다마는 R씨는 이미 나보다 나은 사람과

약혼이 되었다는 말을 듣고 나는 단념한 것이에요."

"그런 지난 일은 그만 두고 재미있게 지내시는 이야기나 하십쇼."

"재미가 무슨 재미입니까. 목석과 같은 여편네를 데리고요. 쓸쓸할 뿐이지요."

"왜 그렇게 생각하서요. 다 만족히 생각하시지요."

성찬을 받고 그 집을 나설 때는 해가 뉘엿뉘엿 져가는 황혼이었다.

K는 한참 같이 오며 농사 시험장에 대한 이야기를 하다가 더 갈 수 없는 듯이 산머리에 서서 내 몸이 삼림 사이로 가려질 때 모자를 벗어서 내 흔들었다.

그 후 또 십여 년간 소식이 뚝 끊겼더니 일전 어느 좌석 담화 중 T가 나더러,

"R씨! 수원 농림학교 출신 K○○을 아시오?"

"네, 알아요."

"영악하고 똑똑한 사람이지요. 지금 큰 부자가 되었는 걸요."

"네! 그래요? 그 K씨는 나와 혼인 말이 있든 이에요."

"왜 그런 훌륭한 사람을 놓치셨습니까?"

"다 운명의 장난이지요."

쓰라신 문제에 대하니 잊지 못할 그 사람의 추억이 새로워집니다.

『중앙』, 1934

---

1) **백형**伯兄 : 세상에 태어남.
2) **아해** : 아이.
3) **세음** : '셈'을 한자를 빌려서 쓴 말.
4) **작일**昨日 : 어제.
5) **심회**心懷 : 마음속에 느껴 품고 있는 생각.
6) **혜서**惠書 : 남이 보내 준 편지를 높이어 일컫는 말.
7) **벙거지** : 주로 병졸이나 하인이 쓰던, 털로 검고 두껍게 만든 모자.
8) **사택**舍宅 : 기업체나 기관에서 근무하는 직원을 위하여 그 기업체나 기관에서 지은 살림집.
9) **진객**珍客 : 귀한 손님.

연애의 청산淸算

　김형식의 출옥할 날은 가까워 온다. 고려 공산당 청년회 사건으로 평양 복심 판결에서 삼년 징역을 받을 때엔 아무리 각오한 노릇이로되 눈앞이 캄캄하였다.

　스물 한 살이면 한창 좋은 인생의 봄철이 아닌가. 빛나는 이 청춘의 한 토막을 이 세상 지옥에서 썩고 배겨낼까. 삼 년이면 일천 구십 오일!

　이 숱한 날짜가 과연 지나갈 것인가? 이 아득한 시간의 바다 속에 떠올라보지 못하고 아주 잠겨 버리지나 않을까.

　그러나 쇠창살 너머로도 해는 뜨고 졌다. 까마득하던 삼 년도 지나는 갔다. 인제 이레만 더 밝았다가 어두웠다가 하면 갈 데없이 만기의 날이 닥쳐오고야 만다. 그까짓 삼 년쯤이야! 그는 코웃음을 치게 되었다.

　출옥을 하면! 그의 몸과 맘은 벌써 자유로운 세상으로 난다.

첫째 그의 동지요 애인인 박혜경을 실컷 맘껏 만날 수 있구나!
무엇보담도 이 기쁨이 앞선다. 혜경은 얼마나 충실한 동지요 애
인이었던가.

두 달 만에 한 번씩 허락되는 면회 기에는 그의 모양이 여일
령하게 면회실에 나타났다. 차디찬 얼음장 속에서 볕안간 피어
나는 한 송이 꽃, 한 그믐밤에 번쩍이는 눈부신 햇발, 이 꽃과
해가 한꺼번에 눈앞에 나타날 때 형식의 기쁨과 행복은 컸다.
무겁던 머리에도 나래가 돋친 듯 지질렸던[1] 심장도 운다. 옛날
의 용사를 연상하는 로맨틱한 비장미까지 겹친다. 이로 말미암
아 이 고생살이가 몇 갑절 더 값이 있고 광채가 나는 듯하였다.

그가 처음 복역할 때엔 삼 년을 바라보고 날짜를 꼽아도 보
았다. 그러나 삼 년보다도 더 젊고 헤기 쉬운 육십이란 숫자가
그에게 더 긴한 것을 깨달았다. 글자로 적어 두는 것보다도 그
의 머리는 정확하였다. 하루를 더 치거나 덜 꼽는 일은 절대로
없었다. 예순이란 숫자가 손가락 끝에서 떨어지자마자 혹 하루,
고작해야 이틀이 지나지 않아 그의 태양은 반드시 나타났다.

그런데 요번 지나간 면회기에 혜경은 면회를 오지 않았다. 이
번엔 그의 헤는 수가 여든이나 되었다. 그러면 면회기를 지난
지가 이십 일이 넘지 않은가.

첫째는 병이 들지 않았나 걱정이다. 그리고 보면 면회 때에 그의 얼굴이 자못 수척하던 것이 생각난다. 도톰하던 두 뺨이 조금 빨리고 얼굴빛이 해쓱하였었다.

"왜 얼굴이 상했소?"

"뭘, 골치가 가끔 아파요, 괜찮아요."

하고 별일 없다는 듯이 짐짓 웃어 보였다.

'내 일을 걱정하다가 병이 났구나.'

하고, 그때 그의 맘은 애연²⁾하였었다. 동지요 애인인 자기를 철창에 남긴 그의 맘은 여북하랴. 번갯불같이 짧은 면회의 순간이 사라지고 돌아서는 그의 눈에는 눈물이 맺혔으리라.

쓸쓸한 고독살이도 얼마나 젊은 그를 괴롭게 하였으랴. 혜경에 대한 미안한 생각만으로도 하루바삐 한시바삐 이 감옥 문을 박차고 뛰어나갔으면 싶었다.

'나 때문에, 나 때문에!'

그는 혼자 중얼거렸다. 혜경은 확실히 병이 난 모양이다. 이 이유 외에는 면회 안 올 까닭이 도무지 없었다.

'그러면 엽서 한 장이라도 있을 텐데……'

면회기에 면회는 면회대로, 혜경은 편지하는 것도 잊지 않았다. 감옥에서 허하는 범위 안에서 사회에 생기는 일도 암시적으로 알려 주고, 그 상냥하고 씩씩한 감정이 또렷또렷한 달필에 흘렀다. 황야의 나그네의 품속으로 날아드는 파랑새처럼 이 편지가 형식에게만은 위안을 준 것도 물론이다. 이 편지마저 전번 면회 이래로 나래를 쉬어 버렸다.

'편지도 못할 만큼 위독한가?'

그는 머리를 흔들었다. 출옥할 기쁨의 날을 며칠 안 남겨 놓고 다시금 불행한 일을 생각하기가 싫었음이다.

어린애 같은 공상이 도리어 그의 머리를 지배하였다.

혜경이는 짐짓 면회를 아니 온 것이다. 출옥할 때의 기쁨을 더 크게 하려고!

일주일만 지나면 실컷 맘껏 마주볼 터인데 그 고샌스러운 면회 올 필요가 어데 있느냐, 그 까다로운 조건 밑에 편지할 필요가 어데 있느냐, 푸른 하늘에 한 쌍의 새 모양으로 나래를 펼칠 자유로운 날이 가깝지 않았느냐, 참아라, 참아라, 참아도 일주일 동안이 아니냐.

형식은 혼자 빙그레 웃었다.

이때이었다. 감방 문이 덜컥 하고 열렸다.

"이백 이십 구호!"

하고 간수의 세찬 목소리는 불렀다. 그것은 형식의 죄수 번호다.

간수를 따라 복도를 돌아 면회실로 나가면서,

'일주일 동안을 못 참아서 그예 면회를 왔구먼.'

하고 형식은 또 한 번 빙그레 웃었다.

면회실. 조그마한 책상을 새에 두고 간수 두 명은 유리로 만든 듯한 눈을 홉뜨고 수인부를 펴 들었다. 정거장 목책 같은 것이 방을 둘로 갈랐는데 한 옆으로는 나무 간살이 틔었고 죄수와 면회인이 마주선 곳엔 밑은 나무로 막았고 상반신은 서로 보일만 한 윗막이엔 늘 푼수 없는 포장이 가려 있다. 이 어린애 장난감 같은 포장에 눈물과 한숨이 얼마나 서리었던고!

포장이 벗어지자 형식의 앞에는 과연 혜경이가 얼굴을 나타내었다.

잠깐 어색한 침묵. 피차에 말의 실마리를 찾는 일순간이다. 이편과 저편이 서로 말을 주고받다가 말이 막히는 때는 그 포장이 사정없이 내려온다. 규정은 삼십 분이로되 기실 삼 분을 넘기지 못하는 것이 항례다. 말을 끊지 않고 주위대는 것도 그리 수월한 노릇이 아니기 때문이다.

형식은 제가 걱정하던 것을 그대로 물었다.

"어데 앓았소?"

"아녜요, 별로 아픈 일은 없었는걸요."

하고 혜경은 방그레 웃어 보인다. 토실토실한 두 뺨은 이글이글 타는 듯, 그 감격성 많아 보이는 큼직한 눈은 영롱하게 밝다. 과연 그의 말마따나 병의 그림자는 찾으려야 찾을 수 없다.

형식의 숨결은 저절로 심호흡이 되었다. 기름과 분 냄새보다도 그 붉은 입술에서, 번쩍이는 얼굴에서, 애젊은 육체에서, 높이 뛰는 심장에서 내어뿜는 듯한 달고 씩씩하고 어찔어찔한 향기를 들이마시는 듯이, 무덥고 퀴퀴한 감옥의 냄새가 젖은 콧속엔 이 향기는 언제든지 기적에 가까운 효과를 낸다.

오아시스의 한 모금 찬물인들 이보다 더 상연³⁾하랴. 아무리 방렬한⁴⁾ 술이라 한들 이보다 더 흐늑하게 심신을 녹여 줄까. 형식은 이 향기에 청춘을, 정열을, 자유를, 사바세계를 맡아낸다.

혜경은 말을 주워댄다.

"양 동무도 잘 있고 이 동무도 안녕하셔요. 모두들 내가 가거든 안부를 하라고요. 그리고 이영숙 동무 왜 아시지? 키가 크고 눈이 서글서글하고 로자란 별명을 듣는 이 말예요. 인제 독신주의를 집어치우고 남성의 전제왕국에 무릎을 꿇었지요. 결혼식도 아주 굉장하고 덕분에 우리가 조선호텔 구경을 다했지…… 의젓한 부르주아 부인이 되어서 여간 서슬이 푸르지 않아요.

일이 공교하게 되노라고 결혼식 첫날밤에 옥동 같은 아들을 내쏟았겠지. 어이가 없어! 신방이 산실로 돌변이야, 하하……. 시집에서 뭐라고 수군거린 모양이나, 제 애 저 낳는데 시비가 무슨 시비람? 기고만장하게 서두는 바람에 일은 쉬쉬가 되었어요. 지금은 남편과 대공장을 건설해서 우리 무산 여성에게 일거리를 주신다고 팔을 뽐낸답니다.”

혜경은 봄 하늘에 넘노는 종달새보담도 더 쾌활하게 종잘거린다.

형식이도 어이없이 웃다가 전번 면회기에 안 온 것이 암만해도 맘에 걸려서,

“전번 면회기에 오는가 했더니…….”

“좀 바쁜 일이 있어서…… 그리고 이번에도 못 올 건데 문득 생각해 보니까 만기가 가까운 듯해서. 그렇지요? 인제 며칠이 남았던가?”

하고 혜경은 날짜를 맞히려는 듯이 고개를 갸우뚱한다. 형식의 일(一)자로 그은 듯한 시커먼 눈썹이 그윽이 움직였다. 혜경의 말이 자기의 감정과 빗먹어 가는 듯…….

“오늘이 구월 십일일, 일주일도 못 남았구먼. 참 출옥하시기 전에 꼭 알려드려야 할 일이 있는데…….”

일순간 망설이다가,

"그건 출옥하신 뒤 우리들의 관계 말예요. 인젠 그냥 동무로만 지냅시다. 애인이니 뭐니는 쑥 빼 버리고……."

형식은 농담인지 진정인지 분간이 어려웠다.

"사랑이란 유동체니까 한 군데 매어 둘 필요는 없지 않아? 소유권을 주장한다면 그야말로 부르주아 사상이지. 난 이 동무하고……. 왜 저 학생 격문 사건으로 이태 징역을 치르그 나온 이풍우 동무가 있지 않아요? 난 그 동무와 애인이 돼 버렸어요. 그리고 한동안은 제삼자가 둘 새에 끼이지 않도록 약속을 해 버렸죠. 김 동무에겐 조금 미안한 노릇이지만……. 그래 된 걸 지금 어쩔 수도 없고……. 뭘 괜찮지? 내 나보담 더 좋은 애인 하나 골라 드릴게."

혜경의 태도는 제 하는 말이 형식에게 얼마나 무서운 내용을 가진 줄도 모르는 듯이 봄바람처럼 가볍고 가을 아침같이 명랑하다.

형식은 문득,

"흑!"

하는 이상한 소리를 치며 면회 구멍 앞으로 쓰러질 듯이 다가들 제 간수는 눈치 빠르게 일어섰다.

"인제 고만!"

하고 사정없이 포장을 나리우고 말았다.

『신동아』, 1931

---

1) **지질렀던** : 꺾여 눌렀던.
2) **애연** : 슬픈 기분을 자아내는 모양.
3) **상연** : 매우 시원함.
4) **방렬한** : 향기가 몹시 나는.

계
용
묵

연애삽화戀愛揷話

| 1 |

두 달 전에 우리 학원으로 찾아온 여 교원 마미령馬美鈴은 이 상한 여자였다.

중학을 마치고 전문까지 다니던 여자라면 취직을 하여도 그 리 눈 낮은 데는 하지 않을 것인데 서울서 일부러 칠백 리나 되 는 농촌의 개량서당인 우리 학원으로 그것도 자진하여 보수도 없이 왔다는데 이상히 아니 볼 수 없는 것이요. 스물여섯이면 여자로서의 결혼 연령은 지났다고 볼 수 있는데 아직 시집을 아니 갔다는 것이 또 한 이유이다.

이따금 정신없이 우두커니 서서 무엇을 심심히[1] 생각하다가 는 긴 한숨으로 끝을 맺는다는 것이 더욱 그 여자를 이상하게 보게 만드는 점이었다.

그리고 생각하면 미령이가 우리 학원으로 오게 된 동기부터 이상한 데 있었다.

C일보 '독자 이용란'이라는 것을 통하여 하루는 농촌에 있는 사립 소학교로서 경비 부족으로 교원을 못 쓰는 학교가 많은 듯하오니 어디든지 기별만 하시면 원근을 물론하고 찾아가서 힘 가는 데까지 조력을 해 드리고자 합니다 하는 기사를 보고 때마침 교원 문제로 쩔쩔매던 우리 학원에서는 아직 학교로서의 양식조차 이루지 못한 존재였으므로 웬걸 하면서도 만일을 위하여 엽서 한 장을 띄웠더니 두말없이 승낙을 하고 찾아온 여자가 미령이다.

그래서 우리 학원에서는 무산 아동을 위하여 나선 여자라고 귀엽게 두렵게 우러러 그리고 감사하게 맞았다.

그러나 무산 아동의 교육을 본위로 나선 여자라면 학원의 설비 같은 것은 문제도 삼지 않을 것인데 걸상, 책상 하나 없고 삿자리[2]만을 깔아 놓은 너무도 초라한 존재에 놀라며 공연히 찾아왔다고 후회하는 빛이 보일 때 학원을 위하여 짐짓 컸던 우리들의 기대는 여지없이 깨어지고 말았다. 며칠도 못되어서 그는 다시 돌아가려고까지 기회를 엿보고 있는 것이 아니었던가!

숙소도 비교적 거처에 편할 만한 곳을 택하여 우리 마을 가장 깨끗하다는 집 사랑방을 한 채 얻어서 따로 맡겼건만 2, 3일이 지나도 행리[3]도 풀지 아니하고 이불만 뎅그러니 z고는 일어났다.

그러던 것이 자기를 지성으로 대하는 학원의 정성에 감화되어 떠나지를 못하여 며칠을 지나는 가운데 이러한 학원의 존재로서는 너무도 지나칠 만큼 인격자들의 교원들임에 그는 놀라는 한편 여기에 마음이 기울어져 아주 있기로 마음을 재우고 행리를 풀어 놓았다는 것이 우리들의 추측에서 뿐이 아니라 그것은 분명한 사실이었다.

어떻게 핑계를 대면 집으로 돌아갈까 궁리를 하던 끝에 미령은 자기의 집에다 아버지 병환이 위독하니 빨리 올라오라고 기별을 하여 달라고 편지를 부쳐 놓고서 회답이 왔으면 하고 기다리는 동안에 교원들의 이력을 알게 되매 마음의 우안을 느끼어 급기야 받은 회답은 오히려 학원의 눈에 뜨일까 두렵게 찢어 버리고 그런 티도 없이 있었다는 것을 얼마 후 미령을 동무하느라고 같이 자며 묻혀 놓던 그 주인집 딸 신덕에게서 자세히 들을 수 있었다.

그러나 미령이가 학원을 위해서 있었던 것이 아니요, 교원들이 인격자들이기 때문에 있었다는 그 이유가 어데 잠재해 있을 것인가는 아직도 알 수 없다.

하지만 미령이가 우리 학원 꼴을 보아서 교원들만은 상당하다고 본 것은 그리 잘못은 아니었다. 오직 나 자신만이 이 학원의 10년 전 야학 당시의 수료밖에 없는 미미한 존재이었을 뿐이고 그 밖에 세 분 교원은 모두 간판이 좋았다. H대학을 나온 서 선생, S전문을 마친 이 선생, 그리고 졸업까지는 못했지만 최 선생도 M대학을 맛본 이였던 것이다.

그러나 내용을 알고 보면 이들은 다 가사에 관계하는 분들이어서 교원이라는 명목만은 걸어 놓았으나 학원에 전력은 못 쓰고 틈 있는 대로 시간을 보게 되는 것이므로 열흘이면 닷새는 출근을 못했다.

더구나 손수 농사까지 짓지 않으면 먹고 지낼 수가 없는 처지이어서 이렇게 보는 시간도 겨울 한동안이었고 봄을 잡으면서 가을 추수 때까지는 어쩔 수가 없었다.

하므로 우리 학원에서는 전임으로 일을 보아 줄 의무교원을 구하여 오던차 우연히도 이번에 마 선생을 맞게 된 것이었다.

그러나 급기야 마 선생에게 학원의 전 책임은 맡겼으나 마 선생은 학원을 위하는 빛은 조금도 없고 그저 월급에 뜻을 맨 교원처럼 상학종이 울리면 마지못해 들어가고 하학종이 울리면 시원한 듯이 나오고 할 뿐이었다.

　그러면서 무엇엔지 일상 기분을 좋게 못 가지고 늘 우울한 태도로 지냈다.

　하학이 되면 교원끼리 사무실에 모여 앉아 놀 때에도 마 선생은 우울한 속에서 기분을 고쳐 즐기려 하였고 또는 어디까지든지 모든 것을 잊고 지내려는 듯이 지나기로 애를 쓰는 빛이 보였다.

　그러나 그러다가도 불현듯 우울한 기분에 잠기어 고개를 푹 숙이고 무엇인지를 심심히 생각하는 것이었다.

　그래서 언제인가 한번은 서 선생이

　"마 선생, 기분이 늘 좋지 못한 것 같으니 무슨 불편한 일이나……"

　"아녜요, 무슨…… 제가 머…… 그렇게 뵈세요? 저는 머 별로……"

하고 그것은 천만의 소리라는 듯이 대답을 한다.

　"그래도 무슨 수심이 있는 것 같은데요."

　"글쎄요, 그렇다면 그것은 제 천성인 게지요."

한다.

　그러니 서 선생은 더 캐물을 수도 없어 잠자코 달았거니와 그 후부터 마 선생은 자기의 그러한 태도가 교원들의 이상한 주시를 받게 된 것 같아서 어디까지든지 자연한 태도를 취하려고 하나 그것은 언제까지든지 부자연한 태도로 나타나 우리들로 하여금 의혹해하는 점에서 벗어나지 못하게 하였던 것이다.

| 2 |

마 선생의 가정은 비교적 부유한 편이라고 볼 수 있었다. 아침저녁으로의 식사밖에 용처[4] 한 푼 이렇다 인사에 간단한 우리 학원이었으나 그는 쓰단 말도 없이 매삭 2, 30원씩의 용처를 대고 집에서 가져다 썼다. 그러면서 그는 거기에게 그만한 물질로서의 여유가 있다는 것을 내세우고 스스로 높이 앉아 그것으로 자기의 인격을 돋우어 보이려고 하였다.

찬饌 같은 것도 우리 학원으로서 대접하는 이외에 쇠고기니 달걀이니 자기 돈으로 실상 사 오며 그리고 농촌에서는 구경도 할 수 없는 라이스카레이니 돔부리니 하는 음식을 손수 만들어선 때때로 우리 교원들을 청해다가 한 배 반씩 내곤 했다.

이것도 그가 우리를 대접하기 위한 성의에서라기보다는 자기의 솜씨를 자랑하기 위한 데라고 볼 수 있었다. 그는 어디까지든지 우리로 하여금 고상히 보게끔 자신을 내세우기에 무척 애를 쓰는 빛이 보였다.

의복범절로 보더라도 값비싼 비단과 모물⁵⁾이 아니고는 입지 않았다. 이것도 한두 벌에 그치는 것이 아니요, 우리 학원으로 가지고 들어온 것만 해도 수십여 벌이나 되어 버들고리⁶⁾ 두 개가 모두 의복이라는 것이었다.

그래서 마 선생은 이것으로 하루걸러 옷을 바꾸어 입었다. 어떤 때는 하루에도 수삼 차씩 바꾸기를 반복하는 적도 종종 있었다. 그리고 이것은 그의 가장 게을리 하지 않는 일과의 하나였다.

하니 쑥덕거리기 좋아하는 마을 사람들은 마 선생을 칠면조라고 조롱 삼아 부르게 되었다.

그런데 마 선생을 칠면조라고 부르게까지 되기에는 그 의복이 때때로 바뀌는 데서였지만 그렇게 불러 놓고 보니 왼쪽 눈초리를 기점으로 귀밑과의 사이에 조선의 지도형으로 생긴 꽤 커다란 허물이 칠면조의 볏 모양으로 비하기에 적당하다 하여 손뼉을 치며 웃음으로 지어 놓은 이름이 그냥 굳어지고 만 것이다.

그러니 말이지 이 허물은 참으로 그 여자로 하여금 치명적인 상처였다. 미인이라고는 볼 수 없으나 좀 길듯하게 생긴 혈색 고운 얼굴이 그 윤곽만은 수수하게 생겼는데 이 허물로 말미암아 미령에게서 여자로서의 미를 절반이나 빼앗는 것으로 이는 보는 사람마다의 아까워하는 점이었다.

여자의 생명이라고도 볼 수 있는 그 얼굴에 이렇게 보기 흉한 허물이 그 자신으로서도 마음에 아니 거리낄 수가 없어 일상 화장을 짙게 하여 그 허물을 감추기에 애를 쓰나 그것으로 사람의 눈을 속일 수는 없었다.

미혼여자로서의 미령이가 여기에 번민을 갖는다고 보는 것도 무리한 추측이라고는 할 수 없지만 또한 그렇다고만 하기엔 미령의 수심은 보다 더 심한 상처에 있다고 하기에 족한 정도의 태도였다.

그리하여 미령의 태도에 있어서 까닭도 모를 수수께끼는 날이 갈수록 깊어 갔다. 그러면서도 미령의 인망은 조금도 떨어지지 않고 인근 일대의 관심을 한 몸에 받았다.

무산 아동을 위하여 농촌으로 찾아왔다는 빛 좋은 간판이 인근에 와자하니 퍼지어 본래 오십 명밖에 안 되는 학생이 배나 늘어 백여 명에 달하여 학교로서의 빛도 날 뿐 아니라 월사금의 수입도 전의 배나 늘게 되니 첫째 학교의 경비에 있어 군색[7]을 어느 정도까지 벗어나게 되었기 때문이다.

그리하여 학원에는 정성 없는 그였건만 학교 당국으로서는 그를 허술하게 대할 수가 없었다.

그러한 가운데 이 여자 때문에 우리 교원들은 전에 없는 특별한 정성으로 학원을 위하게 된 것이니 틈을 타서 가르치던 교원들은 미령이가 오게 되자 부터 알 수 없이 그것이 남자의 본능이라 할까, 하여튼 다른 아무 의미도 없으면서 여자와의 접촉을 즐겨하며 가사 이후에 학교이던 것이 하교 이후에 가사로 돌아졌던 것이다.

사십이 넘은 늙은 교장까지도 매일같이 출근하여 이 학기 초부터의 출근부는 예전에 없이 빨간 도장이 나란히 박히곤 했다.

그래 일상 교원이 모자라서 한 사람이 두 반 혹은 세 반을 맡아가지고 분주히 돌아가도 오히려 감당에 어렵던 것이 한두 사람은 늘 남아돌아갔다.

그래서 이것을 본 동리 사람들은 마 선생에게 모두 미쳤다고 하였다. 그러나 교원들은 이런 시비는 들은 체도 아니 하고 밥숟갈을 놓으면 그저 학원으로 기어올랐다. 그리고는 하학을 하여도 헤어지지 않고 사무실에 모여들 앉아 쓸데없이 시시덕거렸다.

이렇게 놀며 지나기를 미령이 또한 원하는 것이어서 그의 기분을 즐겁게 하여 항상 우울한 가운데서 미간의 주름을 못 펴는 그를 어떻게 해서라도 잊게 해 주려는 것이 교원들의 누구나 다 같이 애쓰는 것이었다. 이것은 단순히 미령의 마음만을 즐겁게 하여 주기 위한 것이 아니요, 미령이가 즐거워하는 것을 봄으로 자기네들도 즐거움을 느끼는 때문이다.

나는 미령의 마음을 위로하여 주고 싶은 마음은 누구보다도 허술하지 않았다. 그래서 나는 그가 우울하여할 때마다 노래를 불러서 그의 마음을 위로하려고 했다. 노래는 가장 나의 좋아하는 것으로 그렇지 않아도 늘 부르고 있던 나였지만 미령을 위하여 노래를 부를 때 내 마음은 이를 데 없이 즐거웠다.

미령이도 성대는 그리 좋은 편은 아니었지만 노래는 퍽이나 좋아서 불렀다. 속된 유행가까지도 그는 모르는 것이 없었다.

그러나 여자가 함부로 노래를 부르면 자기의 위신에 관계되는 것을 꺼리는지 혼자로서는 절대로 입을 벌리지 아니하고 내가 시작을 하여야만 따라서 그리고 흥에 겨워 불렀다. 그리하여 우리 둘의 합창 소리는 사무실이 떠나갈 듯이 때로 불러졌다.

하지만 다른 교원들은 미령이와 내가 단둘이 늘 흥에 겨워서 부르는 노래를 싫어했다. 미령이가 즐거워하는 것을 싫을 이치가 없었지마는 내가 미령을 즐겁게 하는 것이 그들로 하여금 질투심을 일으키게 한 것이었다.

　이것은 교장도 마음에 걸렸던지 하루는,

　"이제부터 고성으로 창가를 사무실 안에서 주거니 받거니 하는 것은 주의를 해야 되겠네, 우선 동네 사람들의 시비도 시비려니와 학교의 체면으로서도 안 되었으니까……."

하고 주는 주의도 받았지만 사실 동네에서도 꽤 떠든 모양이었다. 이런 소문이 어떻게 내 아내의 귀에까지 미쳤는지 본래 질투가 심한 내 아내는 폐결핵으로 3년째나 누워서 오늘 내일 하고 있는 목숨이 내가 학교로부터 돌아오기만 하면 뭘 하다 지금에야 오느냐고 꼬집어 물으며 자기 듣는 데도 창가를 좀 불러 달라고 물어뜯곤 했다.

　해서 나는 그 후부터 남들의 숙덕거리는 소리도 듣기 싫고 또 내 아내의 심신을 괴롭히는 것이 병에 영향이 미칠 것이므로 나는 그 후부터는 일체 노래는 입 밖에 내지 않았다.

　그러나 날이 갈수록 낯이 익어져 농담 같은 것도 함부로 건네게 된 미령이는 부끄럼 없이, 거리낌 없이, 혼자 노래를 불러서 울적한 심사를 푸는 것이었다.

　그리하여 노랫소리는 여전히 우리 학원 사무실 안에서 그칠 줄을 몰랐다.

가을이 깊어 학원의 화단에 만발하였던 코스모스도 된서리에 떨어져 후줄근히 늘어지고, 운동장에는 벌써 포플러 잎이한 잎 떨어져 데굴데굴 굴며 마주치는 소리가 살랑거렸다.

마을에서도 추수가 다 되고 농촌으로서의 한가한 시절은 찾아오고 있었다.

우리 학원에서는 농한기를 이용하여 야학을 또 시작했다. 그래서 밤까지도 교원들은 부지런히 학원으로 모였다가는 헤어지지 않고 12시까지 지절거리며 시간 가는 것을 아꼈다.

하룻밤은 누구의 제의로이든지 하학 후에 조조(曹操)잡이를시작하게 된 것이 미령이는 여기에 무한한 흥미를 느끼어 밤마다 조조 잡이를 하자고 졸랐다. 우리들은 거기에 그토록 흥미를 느끼는 것이 아니었지만 미령이의 청이라 싫더라도 거역하지못하고 조조 잡이는 시행이 되곤 했다.

이렇게 지나가기를 아마 한 보름이나 계속하였을까 한 때였다. 이날 밤은 미령이가 특별히 나의 곁을 바투[8] 당기는 눈치이더니 한번은 조조를 잡게 되었을 때 그때도 미령은 나와 바투앉아서 눈을 데굴데굴 굴리더니 별안간,

"선생님 내놓으세요(조조를)."

하고 나의 손목을 붙드는데 손 안의 조조패는 보려고도 아니하고 특별히 힘을 주어 손목만 잡는 것이었다.

나는 이상했다. 손목을 서로 붙들며 놀던 일을 볼 때 얼마 전부터 있어 오던 것이지만 어디인지 그 붙드는 것은 아무리 해도 그 의미가 다른 데 있는 것 같았다. 나는 어쩔 줄을 모르고,

"조조 아니외다."

하며 관운장을 들고 있던 패를 내놓고 조조 잡이에는 정신이 없이 여러 가지로 딴 생각을 해 보며 그의 태만 살피고 있노라니 재차 조조패를 잡게 되었던 미령이는,

"선생님 이번에야 어디⋯⋯."

하고 또다시 아까 모양으로 나의 손목을 잡아 쥔다. 자기의 태도를 내가 몰라주는 것이 안타까운 듯이 열정에 타는 눈으로 이상히 나를 쏘아보며, 순간 더 의심할 여지가 없는 나는 '아하! 연애!' 하고 뛰는 가슴을 억제하지 못했다.

"나는 시집 안 가요. 독신으로 사는 게 얼마나 신성한데요."

하고 서로 이야기하던 그의 말을 믿어서가 아니라 여자로서의 그 대담한 행동에 나는 짐짓 놀랐던 것이다.

그리고 그 여자의 나에게 대하는 대담한 짓이 좌중의 눈에

채이지나 않았나 무슨 죄나 범한 듯이 확확 달아 오는 얼굴은 느끼며 그 여자가 나의 팔목을 어서 놓게 하기 위하여 손의 패를 얼른 집어 던지려니까 조조를 들고 몸이 달았던 이 선생은 멋도 모르고,

"아하하 조존 내게 있어. 하하하."

하고 시원한 듯이 웃음을 친다. 그러나 다른 군들은 나만 바라보고 있는 것 같아 어찌할 바를 모르다가 나도 하하 하고 부자연한 웃음을 맞받아 웃으며 패를 내던졌다.

그리고는 미령이가 아내 있는 나에게 연애를 걸다니 하고 가만히 생각을 해 보니 그에 대한 의문은 더욱 깊어지는 것이었다.

상당한 지식을 가진 여성으로 더구나 도시에서 생장한 여자가 근 삼십이 되도록 독신으로 지내다가 아무러한 지식도 없는 한낱 농부에 지나지 못하는 미미한 존재인 나에게 연애를 건다는 것은 아무리 생각해도 모를 일인 것이다.

설혹 연애를 건다 하여도 우리 학원 가운데서도 학식은 물로 재산이나 인물에 있어서까지도 서, 이, 최 제 선생이 나보다는 눈높이 보일 것인데 하필 나를 골라잡는다는 것이다. 그것도 내가 먼저 그러한 눈치를 주었다면 모를 일이어니와 이러한 태도는 도리어 서 선생에게서 찾을 수 있었다.

그러면 나의 아내가 불치의 병으로 누웠으매 으레 죽고 말 것을 짐작하여 나에게 넌지시 예비조건으로 눈치를 보여주는 것인가 이렇게 생각해 보려고 해도 서 선생도 아내는 없는 사람이다.

"아, 연애란 참 이상한 것이군!"

이렇게밖에 더 결론을 지을 수 없는 나는 뒤숭숭한 생각에 그 밤은 밤새도록 잠을 못 이뤘다.

아직 어떤 여자로부터 단 한 번의 추파도 주고받아 본 적이 없이 연애란 오직 활자 속에서밖에 구경해 본 일이 없는 내가 이제 난생 처음으로 그것도 대담하게 팔목을 붙들리고 보니 그것이 싫지는 않건만 어쩐지 두려웠다.

첫째 나에게는 아내가 있지 않나? 그리고 연애를 한다면 그것은 무슨 큰일을 저질러 놓는 것도 같기 때문에.

4

한 10일 후였다. 첫눈이 내리기 시작하는 날 나의 아내는 마침내 세상을 떠나고 말았다.

이 일 때문에 나는 학원에를 못 가다가 7, 8일 만에 가니 미령의 태도는 전에 찾을 수 없는 명랑한 기분이었다.

"말 못 된 얘기는 다 말할 수 없죠만 거 원 참 그렇게도……."
하고 미령은 고개를 숙인다.

"할 수 있습니까?"

내 말이 떨어지기도 전에,

"멀 - 이군이야(나) 땡 잡았지 더 고운 색시 얻을 텐데……."
하고 서 선생이 농을 붙인다.

"그럼요, 바루 말하면 남자들야 무슨 관계가 있습니까?"

그리고 미령이는 가볍게 한숨을 쉰다.

색안경으로 늘 그를 비춰 보려고 해서 그런지 그 한숨 속에는 무슨 애수가 담긴 듯했다. 그러나 전날 쉬던 한숨보다는 퍽이나 가벼운 명랑성을 띤 것이었다.

며칠이 지난 어느 날 석양이었다. 그날은 마침 볼일들이 있다고 하학이 되자 교원들은 다 돌아가고 사무실에는 미령과 나와 단둘이만 남아 있게 되었다.

소제하던 아이들까지 다 돌아가고 학원 안이 고요하여졌을 때 테이블 위에 놓인 신문지 여백에다 쓸데없이 연필로 무엇인지 끼적이고 앉았더니,

"선생님 저를 어떻게 생각하세요?"
하고 약간 떨리는 음성으로 반쯤 고개를 든다.

나는 벌써 속으로 지난날의 조조 잡던 그날 밤 일을 연상하고 가슴이 뜨끔하였다.

"네? 선생님! 저는 그동안 선생님의 말씀을 얼마나 기다렸는지 몰라요?"

그리고 엄숙한 빛을 띤 얼굴에 열정에 타는 눈이 대담하게도 나를 쏘아본다.

나는 대답에 궁했다. 나는 실상 나를 사랑하는 미령이가 싫지 않았다. 나도 그 동안 미령으로부터의 태도를 살피며 적지 않게 혼자 속을 태워 온 것이 사실이다.

그러나 연애를 한다면? 하고 뒤에 올 두려움이 사랑의 불길을 가로 막고서는 것을 얼마나 애달파했는지 모른다.

하지만 지금은 아내가 없는 나이다. 그 여자를 사랑하는 데는 얼마쯤 몸이 가벼워진 듯했다. 하나 무엇 때문인지 사랑해

서는 안 될 것만 같았다.

하면서도 내가 사랑을 받지 않을 때 그 여자는 얼마나 나 때문에 마음이 괴로울고 생각하는 순간 나는 다음과 같은 말이 끝날 때에야 그렇게 대답할 줄을 알았다.

"마 선생만 저를 사랑하여 주신다면……."

그리고 다음 순간에는 상배한 지 한 달도 못 된 놈이 이 말 한마디가 죽은 아내에게 무던히도 미안스럽고 좀 더 나아가선 무슨 죄까지 짓는 것 같아 소름이 쫙 하고 느끼어짐을 느끼었다.

"저는 언제부터 선생님을 사랑하고 있었는지 몰라요."

그리고 숨었던 한숨이 밀려나오는 듯이 길게도 고이 쉬며 짓는 미소는 내가 미령이를 알게 된 후 처음 볼 수 있는 아름다운 미소였다.

이것을 보면 미령이가 나 때문에 얼마나 마음이 괴로웠더라는 것을 짐작할 수 있었으나 나는 그의 괴로워함만을 위하여 더 말할 용기가 없었다.

만일 이때에 교장만 들어서지 않고 단둘이 맡기어 두었던들 나는 얼마나 대답에 땀을 흘렸을지 몰랐을 것이다.

그래서 그 후부터 나는 미령이와 단둘이 있어지는 기회를 될 수 있는 대로 피하려고 했다. 미령이가 싫지는 않으면서도 아니 사랑한다고 내 마음조차 허락하면서 그 마음을 똑바로 밝히기가 두려워 퍽이나 괴로웠다.

학교일도 집안일도 마음이 들떠서 아무런 성의도 생기지 않았다. 그러한 가운데 교원들은 미령이와 나와의 관계를 무엇에선지 눈치를 챈 듯했다. 이것을 보니 나는 더욱 생각이 많아졌다.

내가 만일 미령이와 영원히 살진댄 모르지만 그렇게 못 될 바에야 이런 시비 저런 시비 남의 눈치 위에서 돌아갈 필요도 없고 또는 우리가 아동의 교육을 위하여 데려온 여자를 교원 중의 한 사람인 나로서 관계를 갖는다.

내 자신으로서도 그렇거니와 같이 있는 교원들의 체면, 좀 더 나아가선 학교라는 덩어리를 위하여서의 불명예라는 것을 생각하면 단연히 관계를 끊고 이 경계선에서 어서 벗어나 바른 길로 내 몸을 이끌어 가야 할 것이 무엇 보다 급무 같았다.

뿐만 아니라 나에게는 소위 현대 인텔리 여성이 손톱만큼도 필요한 점이 없었다. 나는 놀고먹을 처지가 못 된다. 내 아내 될 사람은 나와 같이 농사꾼이어야 할 것이다. 그래서 종아리를 에어내는 눈석임물에 들어서 씨를 뿌려야 하고 숨이 막히는 햇볕 아래서 김을 매야 한다. 그리고 가을에는 그것을 베어서 등짐으로까지 져 들여야 한다.

미령은 그것을 과연 감당할 것인가? 아니다, 미령의 손은 너무도 보드랍고 옷가지는 너무도 사치하다. 만일 미령이가 나의 아내로서의 이러한 조건에 마음을 굳게 갖는다 하더라도 이런 고통을 이겨낼 만한 억센 힘은 이미 배양조차 못한 그이다. 나의 아내로서의 자격은 그가 나를 사랑한다는 그것밖에 없다.

그러나 그것도 그 힘이 내 마음을 위로하지 못할 때 그 사랑은 걸지 못한 땅 위에 선 꽃나무와 같이 이글이글하는 원만한 꽃송이를 피워내지 못할 것이다.

나는 단연히 미령이를 잊지 않아서는 안 될 것 같았다. 그러나 나를 사랑하는 그 사랑의 마음이 알 수 없는 그 무슨 힘으로인지 이끌어 그렇게도 나에게 바치는 열렬한 사랑을 나는 모릅네 하고 새파랗게 금을 그어 놓음으로 괴로워할 미령의 마음을 헤아려 볼 때 차마 꼬집어서 나의 태도를 밝히기는 어려운 노릇이었다.

그리고 보니 나에게 바치는 미령의 사랑은 점점 둥그러만 가는 것 같았다.

"제가 이 학원으로 오게 된 것이 우연한 기회에서는 아닌 것 같애요."

이렇게 주는 말에도 대답에 간난[9]을 보는 것이,

"수교 씨! 저 밭을 한 뙈기 살래요. 사과 재배에 적당한……."

이러한 말까지 받게 됨에랴! 어느덧 선생에서 수교 씨로 나를 부르는 대명사는 바뀌어졌고 그리고 은근히 살림 차비까지 의논하여 보는 것이 아닌가!

"이 지방은 사과에 의토가 못 됩니다. 질땅이어야 되는 것인데 여기는 전부가 모래땅입니다."

"양계는 어떨까요?"

"더구나 양계! 그것은 판로가 있어야 아니합니까?"

나는 요리조리 핑계를 하여 넘으며 공연히 나의 태도를 똑바로 밝히지 못하고 미령이로 하여금 나를 이렇게까지 믿게 만들어 놓은 것을 후회하여 마지 않았다.

| 5 |

겨울방학이 되자 낮에는 비교적 한가하였다.

나는 이 기회를 이용하여 오랫동안 아내의 누어서 앓던 방을 좀 수리해 볼 양으로 하루는 벽에다 신문을 바르고 있노라니 누이동생이 신문지에서 그림을 구경하노라고 신문지를 뒤지고

앉았더니 별안간,

"오래비!"

하고 부른다.

"왜?"

나의 대답이 떨어지기가 바쁘게,

"여기 마 선생이 있어. 이게 웬일이야!"

하면서 신문지 한 장을 들어 보인다.

"뭐야?"

나는 신문에 풀칠을 하다 말고 고개를 들어 보니 눈에 뜨이는 타원형의 한 개 사진은 참으로 마 선생과 비슷했다. 아니 자세히 들여다보니 그것은 흡사했다. 만일 신문에 미령의 사진이 있으리라는 선입견을 가지고 보았던들 단박에 그라고 아니 할 수 없을 정도의 미령 그대로였다.

그러고 보니 그 신문지를 그대로 놓고 말게끔 부질없는 생각은 두지를 않아 그 사진의 임자를 더듬어 찾아 보니 '마미룡馬美龍(가명)'이라고 썼었다. 그리고 현재의 미령의 집 주소에서 글자 한 자 틀리지 않았다. 그러니 이것이 마미령의 가명이라고 아니 볼 수가 있으랴!

나는 기사로 눈을 옮겼다.

'무엇이 그 여자를 그렇게 만들었나?'

라는 커다란 활자로 된 기역자 형의 제목을 읽고 다음 순간 놀

람을 마지못했다.

그 옆의 '자살을 도모하기까지의 경로' 라는 소제목을 찾을

수 있었거니와 이 기사는 소설식으로 4, 5회를 계속하여 내던

것으로 4년 전 봄에 신문이 배달되기가 바쁘게 주워 읽고 그

여자로 하여금 세상을 저주하지 아니치 못하게 된 동기에 눈물

겨워 동정하는 맘으로 일시는 우리 학원 안에서도 ㄱ다란 화제

가 되던 그 기사였다.

하니 이제 그 주인공이었던 여자가 우리 학원의 교원으로 아

니 나를 사랑하는 여자가 되어 있는 것을 알 때에 어찌 놀라지

않을 수 있으랴.

나는 신문 뭉치를 5회까지의 기사를 찾아내려고 산산이 풀어

헤치고 뒤졌으나 이미 나선 '1'밖에 찾을 수가 없었다.

그러나 그때의 묵은 기억으로서도 그 기사의 문면은 아직도

머리에 새롭다.

세 번의 실연

S여고보 3년 때 어느 동무의 오빠의 동무라는 동경 유학생으로 첫사랑의 꽃이 1년을 남아두고 피어 오다가 철석같은 언약으로 남자의 간절한 청을 차마 거역하지 못한 그 일순간이 다음 순간에는 남자로서의 한낱 향락의 도구로서밖에 지나지 못하였던 것을 알았다.

그리하여 처녀로서의 생명을 잃은 미령이는 남모르게 혼자 애를 태우며 눈물을 삼켜 오다가 모든 것을 단념하고 오직 공부에 전심하여 우수한 성적으로 그 학교를 졸업하고 전문으로 들어가 꾸준히 학업을 계속하여 왔다.

그러다 졸업을 전후해서 우연히 알게 된 어떤 전문학생과 교제를 하여 오던 것이 그 학생이 모든 조건을 갖추었다고 생각해 모르는 사이에 지난날의 상처는 잊은 듯 사랑의 움이 싹 뜨기 시작하여 스위트홈의 꿈속에서 청춘의 피는 끓을 대로 끓어 그야말로 그 학생을 순정으로 사랑하게 되었다.

그러나 그 학생에게서 찾을 수 있던 미점은 역시 일시에 불타는 욕심에 미령을 끌기 위한 가면 속에서의 짓인 것을 다시금 경험하고 났을 때 미령이는 모든 남성을 저주하는 나머지 세상을 비관하게 되었다. 학교도 집어치우고 두문불출로 1년을 방구석에서 히스테리에 가까운 상태에서 빚어낸 온갖 공상이 그 여자로 하여금 전율할 생의 변화로 이끌어 냈다.

현대의 모든 남성을 저주하고 세상이 비관될 때 여자로서의 자기의 존재도 그것을 상대로서밖에 더 나아가서는 있지 않을 것 같았다. 그리하여 치욕의 생과 영예의 사死 두 갈래 길에서 방황을 하였으나 오늘까지 받아온 수양이 자리 잡고 앉은 양심은 차마 치욕의 생을 찾을 수가 없어 일시는 영예의 사를 바른 길로 자살을 꾀하여 오다가 더러운 세상으로부터 받는 능욕이 너무도 분하여 살진댄 복수라도 하여 보자는 무서운 생의 힘이 머리를 들고 서둘러 마침내 몸을 카페에 던져 문명의 세례를 받고 잰 체하는 모든 남성을 줌 안에 넣고 자기의 에로틱한 웃음에 머리를 숙여 가며 침을 삼키고 날뛰는 그들을 봄으로 행동을 일삼아 왔다.

그러나 미령은 여자였다. 그리고 아직 20이라는 청춘의 끓는 피가 혈관을 뜨겁게 오르내리고 있었다. 아무리 악마 같은 사내들이 추악한 존재이었으나 그 추악한 속에서도 이성으로서의 알 수 없는 매력이 안타깝게도 끌어 사람으로서의 본능인 청승맞은 사랑의 얄궂은 새는 미래를 부르게 되었으니 자기를 천사같이 따라다니던 어떤 시인을 못 잊는 것이었다. 그러나 그 시인은 카페의 여급이하는 성질에서밖에 더 나아가서 미령을 대하려고는 하지 않았다.

그래서 세 번째 실연을 당한 미령이는 자기 역시 사람이요, 여자인 것을 이제 쫓아 깨닫고 지난날 꾀하던 자살의 쓸데없는 연장이었던 것을 뉘우침과 동시에 이 현실에선 죽음이라는 데 대하여 한 점의 미련도 없이 바야흐로 봄이 무르녹기 시작하는 잔 물살 위에 황혼의 그림자가 신비롭게 물든 한강의 푸른 물속으로 뛰어들었던 것이다.

그러나 세상은 이름 그대로의 고해였다. 이것이 그만 용산서원의 눈에 띄어 즉석에서 구호선을 저어 경찰은 기어코 성공을 하고야 말았다.

"저, 절, 그대로 버려두세요. 저를 살려내 가지고는 또 짓밟아 주렵니까, 남이 아파하는 것을 보는 것이 그렇게도 즐겁습니까? 놔요. 놔."
하면서 발버둥치는 것을 마침내 배 위에다 끄집어 올려놓으니,

"놔요, 놔요, 저 악마들! 이 악마들! 이 악마쌈지들!"
하고 이를 악물고 손을 뿌리쳐 왼쪽 눈초리를 손톱으로 박아 쥐고 당기어 제 손으로 상처를 남겼다는 것이다.

이까지 묵은 기억을 짜내던 나는 그제서야 마 선생의 눈초리 뒤 허물을 연상하고 이렇게까지 하지 않고는 견디지 못하게 비친 현실은 얼마나 그 여자의 마음을 괴롭히며 있었더라는 것을 짐작케 하였다.

그리고 그 후 4년 동안에 있어서 그 여자의 생활이 어떠하였는지는 그것은 알 수 없는 일이지만 이런 사실로 미루어 볼 때 오늘까지의 비관하는 태도로 우울한 속에서 날을 보내던 그 심전이 이 사실에 관련해서일 것은 틀림없는 것 같았다.

무산 아동을 위해서는 아닌 여자가 일부러 시골의 보잘것없는 우리 학원으로 찾아오게 된 것도 이 사실에 관련된 것 같고, 더욱이 나를 사랑하는 데서? 하고 생각할 때 그 여자는 4년 전 카페에 들어가던 그때의 심리와 같은 동기에서 남성에의 복수를 위하는 수단에 내가 걸린 것은 아닌가? 나는 문득 이런 생각을 아니 해 볼 수 없었다.

그러나 다음 순간 그 여자의 사람이 참으로 열정적인 것에서 다시금 저울질해 볼 때 아무리 해도 그런 것 같지는 않고 사람으로서의 본능을 버리지 못하는 데서의 순진성이 있는 것 같았다. 그리고 나는 그러리라고 단정하고 싶었다.

만일 다른 의미에서 사람을 요구하는 것이라면 잰 체하는 도

회심에 물들은 사람을 상대로 하는 것이 본의일 것이나 눈치를 달리 가지는 서 선생 같은 이는 꿈도 안 꾸고 나에게 사랑이 쏠리는 것을 볼 때 나에게 구하는 사랑만은 그런 의미를 참으로 넘어선 순진한 사랑이라고 아니 볼 수가 없었다.

그리고 생각하면 미령이가 우리 학원으로 찾아왔다는 동기도 다른데 있을 것이 아니요, 비교적 현대 문명에 물들지 않은 농촌의 웬만한 순진한 지식 청년으로 사랑의 대상을 찾는 데 있다고 아니 볼 수 없다. 이제 생각하면 미령의 모든 行動이 그렇게 비치었거니와 첫째 우리 학원의 존재를 보고 다시 돌아가려던 것이 지식 청년들이 교원들이었음에 있었다는 사실이 증명하는 것이요, 그리고 그 근본 방침에의 성공을 위하는 것이 칠면조라는 이름까지 듣게 행동을 가졌다고 보여지는 것이었다.

이렇게 미령을 만들어 놓고 보니 나의 마음은 더욱 괴로웠다. 농촌으로 찾아오기까지 그리고 나를 사랑하기까지에는 얼마만한 심뇌[10]가 숨어 있었던 것일까?

그러나 나는 그의 사랑을 받을 수가 없는 것이다. 내가 그의 사랑을 거부함으로 나는 미령에게 사형을 내리는 잔인무도한 사람이 되는 것 같았으나 미령을 위하여 나는 내 생활의 태도를 그릇 가질 수는 없었던 것이다.

봄을 잡으면서 나는 김자수 딸과 약혼을 하여 놓았다.

아내를 묻은 지도 몇 달 되지 않았을 뿐더러 그럭저럭 미령의 마음도 늦추어 줄 겸, 한 1년쯤은 지나서 재취를 하리라 하였으나 금년 농사할 생각을 하면 아내 없이는 할 수가 없었던 것이다. 작년에도 아내의 병으로 여름내 삯김을 처매게 되어 빚을 지게 되었거니 마침 맞은 혼처가 나면 이 자리를 나는 놓칠 수가 없었다.

그리하여 슬그머니 혼사를 지어 놓고는 얼마 동안이라도 미령의 귀에 소문이 들리지 않도록 입을 봉해 오며 미령에게 장차 어떻게 말을 하여야 될고, 만단으로[11] 궁리를 하여 오던 차 어느 날 미령이와 나는 단둘이 사송정으로 산보를 할 기회가 지어졌다.

무슨 불편한 일이 있는지 사흘째나 또 우울한 속에서 한숨을 쉬던 미령이는 조용히 무슨 할 말이 있는 듯이 애써 나를 사송정으로 이끄는 것이었다.

나는 그것이 한껏 두려우면서도 장가들 날도 앞으로 한 달 남짓밖에 남지 않았으므로 그 전으로 솔직하게 미리 사정을 말하는 것이 좋을 듯도 싶어서 조마조마한 마음을 붙잡아 가며 잔디밭을 거닐었다.

"당신 같은 재사才士[12]는 전 처음 보았세요."

배래바위 밑까지 오르자 미령은 뚝불견 이런 소리를 하며 곁을 바투 든다.

나는 내 자신이 특별히 남다른 재주를 가지고 있는 것 같지는 않은데 일반은 나를 재사라고 불러 주는 것을 나는 듣거니와 무슨 점이 이제 이 여자로 하여금 내가 재사로 보였는고? 이렇게 생각을 해 보며 나는 되물었다.

"왜요?"

"글쎄 학교도 안 다녔다시는 분이 모든 방면에 남단 못한 게 계세요? 재사는 참 생이지지生而知之[13] 하나 봐!"

애교에 가까운 미소를 미령은 입가에 보인다.

"비행기 태웁니까?"

"아녜요. 비행기는 누가…… 아이 참 야속한 게 간판이지 당신같이 풍부한 학식으로 '간판' 만 가졌으면…… 간판을 얻으세요, 일본 같은 곳으로 가서서."

"허! 요것이 원수랍니다."

나는 두 손가락으로 동그랗게 원을 만들어 보였다.

"생각만 계시다면 그야 걱정될 게 뭐 있어요, 그만한 거야 뭐 저래도."

나는 놀랐다. 이런 말을 하려고 나를 재사라고 어두를 꺼낼 줄은 몰랐던 것이다.

"말씀만 해도 고맙습니다. 그러나 어디 돈만 가지고 공부를 합니까?"

"왜요?"

"못해요."

"사정이 계세요."

"네."

"사정이 있을 게 뭐예요. 떠나면 그만이죠. 그렇게만 하신다면 저도 따라가서 밥을 지어드릴 테니깐. 얼마 안 가지고도 됩니다. 네? 봄으로 떠나게 하세요. 학비 걱정은 마시고요. 네!"

나는 땀을 냈다. 어떻게 대답을 해야 할지 몰라 얼른 담배를 내어 입에 물고 그것을 붙이는 것으로 핑계 삼아 어물어물하다가 아무래도 한 번 비극은 일어나고야 말걸 하는 생각에서 이 기회에 말을 시원히 하여 버리리라 마음을 단단히 조려잡고,

"저, 저를 잊어 주세요."

하고 말을 꺼내 버렸다.

미령은 아무 말 없이 고개를 땅으로 떨어뜨린다.

"저는 사실 마 선생을 사랑할 자격이 없습니다. 마 선생 자신의 명예를 위하여 저를 잊어주시는 것이 행복이오리다. 초로에 묻혀 사는 일개 농군에게 출가를 하셨다면 세상은 선생님을 무엇으로 볼 것입니까? 그렇지 않아요?"

고개를 숙인 채 까딱 아니하고 서서 듣던 미령이는 물 송진 같은 하얀 눈물이 두 눈에 맺히며 잔디밭 위에 쓰러진다.

"여 -여 -여 -여보- 미- 미령 씨."

나는 미령의 팔을 붙잡았다. 미령은 흑흑 느낀다.

"일어나세요. 뭘 이러십니까. 사람들이 봅니다."

아무리 달래도 듣지 않고 미령은 더욱 소스라쳐 울 뿐이다.

"여 여보 마 선생. 마음을 돌리셔요. 저는 농사꾼입니다."

"저 저는 순진한 당신의 마음에 눈물을 흘리는 거예요. 저는 선생님이 얼마만큼 저를 사랑하여 주시는 줄은 잘 알아요. 저를 버리는 선생님을 저는 원망하지 않으렵니다. 그저 사랑만으로는 원만한 가정을 이룰 수 없는 그 처지를 저는 저주할 따름이에요."

한참 흐느끼고 나서 다시,

"선생님! 저는 필경 이렇게 될 줄을 미리 알았어요. 사흘 전

저는 우연한 기회에 선생님의 일기장을 보았습니다. 용서하여 주세요. 걷지 못한 땅 위에 선 꽃나무에는 이글이글하는 원만한 꽃송이는 피어날 수 없다고 적힌 것을 보았습니다. 그러나 선생님 저는 어디로 갑니까? 흐-흐 흑흑."

미령은 목까지 놓고 운다.

나는 미령의 손을 잡은 채 아무 말도 못하고 정신없이 있었다.

한참이나 흐느끼던 미령은,

"선생님! 마지막으로 불쌍한 저를……."

하고 말끝을 못 마치며 미령의 머리는 땅에 박은 채 내 손에 잡힌 팔을 끌어당긴다. 나는 팔목을 놓지 못하고 자석에 끌리는 한 개의 쇠못같이 가볍게 달려갔다.

그 순간 나는 아무런 의식도 몰랐다.

무엇에 놀랐는지 푸득 하고 머리 위를 날아 넘는 비둘기 스치는 소리에 놀라 눈을 주위에 살폈을 때에야 나는 내 무릎 위에 눈물 어린 미령의 얼굴이 놓여 있음을 깨달았다.

그러나 미령은 그냥 울고 있었다.

언제까지라도 그칠 줄을 모를 듯이 그냥그냥 울었다.

그 후 미령은 몸이 괴롭다고 사흘째 학원에 나오지를 않고 자기 방에서 뒹굴더니 닷새 만엔가 우리 학원을 영원히 떠나갔다.

학원 안에서 교원들은 물론 온 동네에서까지라도 미령의 갑자기 떠나가는 그 연유를 몰라서 궁금해 하며 종래의 의문에서 풀 수 없던 수수께끼는 더욱 얼크러져 모여 앉으면 그 여자를 두고 수군거렸다.

　　그러나 나는 나도 모르는 체 누구에게도 나와의 관계는 물론 그 여자의 경력조차도 일체 입 밖에 내지 않았다.

『신가정』, 1935

---

1) **심심히** : 아주 깊게.
2) **삿자리** : 갈대를 엮어서 만든 자리.
3) **행리** : 여행할 때 쓰이는 모든 기구.
4) **용처** : 쓸 곳.
5) **모물** : 모피 또는 털로 만든 물건.
6) **버들고리** : 고리버들의 가지로 엮어 만든 옷 넣는 상자.
7) **군색** : 가난함.
8) **바투** : 두 물체의 사이가 썩 가깝게.
9) **간난** : 몹시 힘들고 고생이 됨.
10) **심뇌** : 마음으로 근심함.
11) **만단으로** : 여러 가지로.
12) **재사**才士 : 재주가 있는 남자.
13) **생이지지**生而知之 : 배우지 아니하여도 스스로 깨달아 앎.

운명의 연애

'Love is best'라고까지 할 수 없으나 인생에 연애 문제는 매우 중대한 문제라고 생각합니다. 사랑이 없는 인생은 고적합니다. 그러나 이것은 그러한 고적을 느끼기 쉬운 사람에게 한하여 그러할 것이외다.

세속적 도덕률이나 가장 이성적으로 모든 것을 판단 비평할 때에는 냉정한 태도로 인생을 떠난 한 측면에서 내려다볼 때에는 연애니 쟁투爭鬪니 하는 모든 것이 한 우스운 일이겠습니다마는 그래도 감정을 가진 모든 평범한 인간으로 생활이란 과중過中에서 사람으로서의 생명을 가지고 또는 생명의 요구를 채우려 한다면 연애 문제란 그렇게 치자稚子 용녀庸女[1]의 향락적 행위라고만 볼 수 없습니다.

이 연애란 것은 그렇게 추상적 문제가 아니요, 현실 문제올시다. 우리의 이상적 사색은 기아의 공박恐迫[2]이 있을지라도 결코 비굴하거나 탐욕을 내어서는 안 될 것이외다 마는 가아의 공박에 비굴한 생각이나 탐욕한 생각을 아니 느끼는 사람이 얼마나 되겠습니까?

물론 우리 생활 자체를 철학적으로 '당위' 문제에 부쳐 생각한다 하면 '소크라테스'나 '칸트'같은 생활을 얻을 수 있겠지요마는 이것은 모두 관념적 생활이외다. 근일에 와서 이러한 연애에는 소위 철학적으로 기초를 붙여 설명하려는 경향도 물론 없는 것은 아니로되 어디까지든지 이것은 현실문제이며 인간적인 문제인 고로 관념 생활이나 또는 도덕률로 보면 그러할 가치문제를 붙여 생각할 것은 없겠습니다.

또는 극단의 육욕설肉慾說[3]을 주장하는 사람은 어떠한 우부愚婦[4]가 일시 충동으로 어떠한 곳에서 야합野合[5]을 하겠다 하는 그러한 것을 가르쳐서도 곧 연애를 설명하려 합니다. 물론 인생이란 자체가 반수반인半獸半人의 권화權化[6]에 지나지 못하므로(인간다울수록 그러함) 모든 행위를 단원적으로 육욕적 행위에 부처버리는 것도 확실히 인생의 일면을 파악한 것이라고 할 수 있습니다.

그러나 이것은 그의 일면에 지나지 못합니다. 결코 입체적 관념은 되지 못할 것입니다. 육욕 행위의 결과를 가르쳐서 연애라고만 할 수 있다 하면 이것은 별문제이나 그렇지 아니하고 우리의 정신적 방면도 생각한다 하면 '플라토닉 러브'도 인정치 아니할 수 없습니다.

그러나 이것은 가장 어려운 일이겠지마는 실제로 보면 이러한 예도 많이 있을 것입니다. 어떠한 여성과 남성이 서로 동경하고 사모하여 그러한 육적 행위에 들어가지 않고 그대로 어떠한 동기에 자기네의 생활을 다른 방면에서 영육 양면으로 개척하게 되었다 하여도 그러한 '플라토닉'한 사랑을 결코 저주받을 것도 없으며 증오할 것도 없으며 따라서 자기 양심에도 부끄러울 것이 없을 것입니다.

도리어 두 사람 생활에 순진을 느끼며 생활을 어느 방면으로 정화시킬 것입니다. 그러므로 나는 이러한 '델리케이트'한 문제를 일반 세속적으로 육욕이나 충동을 채우기 위한 향락적 행위라고만 생각하고 싶지는 않습니다.

그리고 연애란 것은 세상 사람이 항상 생각하기는 향락적이요, 비사회적이요, 비도덕적이라 하는 듯싶습니다. 그리고 행위가 어떠한 파렴치적 행위처럼 여기는 경향도 없지 않겠습니다. 이것은 연애한 결과가 자연히 그러한 것을 낳기 쉬운 까닭입니다.

여기에서 우리는 정신적인 방면이 더욱 필요합니다. 제일애第

一愛[7]에 대하여는 책임감이 있어야 될 것입니다. 조삼모사朝三暮四[8]를 연애 생활이라고 할 수 없는 것이 이러한 까닭입니다.

연애를 일대 우상시하는 맹목적 청춘남녀가 없는 바는 아니나 적어도 우리의 이상적인 애愛의 생활에는 맹목 그것만으로 안 될 줄 압니다.

제일, 일시의 충동이나 본능을 떠난 정신적으로 둘이 서로 결합을 요구하여 동경함인 것이어야 할 것입니다. 이 정신적 요구 결합이야말로 비로소 참으로 사랑이라고 부르고 싶습니다. 이 정신적으로 서로 사랑을 느끼게 되는 것이 비로소 완전한 생명의 요구라고 할 수 있습니다.

이 참 생명의 요구에는 이 동경의 앞에는 모든 도의적 관념이나 사회적 지위나 또는 장래 할 공박 같은 것도 도무지 고려치 않게 되는 신념이 생기는 동시에 자기의 생에 대하여 충실하게 되는 것인 듯합니다. 그러므로 혹은 소극적으로 자기의 생명의 요구에 충실하기 위하여 정사情死니 무엇이니 하는 일도 생기는 것인 듯합니다.

그런데 이러한 생활이란 외면에서 보는 그것과 달라서 자기의 생활을 체험하는 그 당사자들의 소위 애적愛的 생활이란 것은 그렇게 향락적이 되지 못합니다. 연애 중에는 물론 꿀같이 단 것도 있겠지요마는 많은 경우에는 제삼자가 보는 것과는 다른 고통을 맛보게 되는 것이라 합니다.

모든 것이 우리 인생의 짧은 생애 중에 일어나는 일― 섬광에 지나지 못하는 것을 그렇게 중대시할 것은 없으나 이 연애 문제는 어쨌든지 섬광 중에서도 가장 참된 섬광이요, 힘이 있는 섬광입니다. 이 섬광 가운데에도 그렇게 금강석 같이 황홀한 빛이 감추어 있는 것이 아니라 그 가운데 연지옥煉地獄[9]의 화재 같이 고통인 것도 있습니다.

이러한 결과에 우리는 많은 고통에 빠지는 일이 있습니다. 나는 그러므로 "연애란 것은 선택이 아니요, 운명이라"하는 것을 인정합니다. 어떠한 불가항력으로 들어가게 되는 것인가 합니다.

이러한 운명관을 가지게 되는 것은 좀 부자유한 사회 도덕률과 또는 자기의 참 생명의 요구와 충돌되는 데에서 일어나는 것이라 합니다.

이러한 생의 요구로 일어나는 비관은 비로소 인간의 정체를 비추어줄 줄 믿습니다. 그때에 세간[10]적世間的으로 또 자기 정신상으로 시달린 감정에서 피는 꽃이 있다하면 그것은 고민의 결정結晶[11]일 것입니다.

이 고민은 사람마다 원하는 고민이외다. 한번은 맛보아야 할 고민이외다. 그러나 이 고민을 맛본 사람은 아직 맛보지 않은 사람의 팔을 붙들고 만류하게 됩니다. 만류하여야 합니다. 그러나 만류하면 만류할수록 그들은 손을 뿌리치고 맹진孟進합니다. 받아야 할 운명은 받아야 할 것인가요?

『조선문단』, 1925

---

 1) **치자**稚子**와 용녀**庸女 : 어린 아들과 연상의 여자.
 2) **공박**恐迫 : 공포가 점차 다가옴.
 3) **육욕설**肉慾說 : 육욕을 만족시키는 것을 인생의 최상의 목적이라고 하는 이론.
 4) **우부**愚婦 : 어리석은 여자.
 5) **야합**野合 : 부부 아닌 남녀가 서로 정을 통함.
 6) **권화**權化 : 부처나 보살이 중생을 구제하기 위하여 자신의 모양을 바꾸어 사람으로 세
　　　　상에 나타나는 일.
 7) **제일애**第一愛 : 처음의 사랑.
 8) **조삼모사**朝三暮四 : 간사한 꾀로 남을 속이어 농락함을 이르는 말.
 9) **연지옥**煉地獄 : 불에 의해서 그 죄를 정화하는 곳, 천국과 지옥 사이에 있다고 함.
10) **세간**世間 : 세상.
11) **결정**結晶 : 애써 노력하여 이루어진 보람 있는 결과.

김동인 | 순정

| 연애 |

북경으로 동지사[1]가 들어갈 때였다.

복석이는 짐을 지고 동지사 일행을 따라가게 되었다.

"언제 돌아오런?"

"글쎄, 내야 알겠니?"

"그때 치맛감 한 감 꼭 사오너라."

"시끄러운 것. 두 번 부탁 안 해두 어련히 안 사오리."

복석이와 용녀의 작별은 눈물겨운 장면이었다. 놓았다가는 다시 부여잡고 부여잡았다가는 다시 놓고 밤을 새워가면서 서로 울었다.

"되놈의 계집애가 너를 가만둘 것 같지 않다."

이렇게도 말해보았다.

"마음 변했다가는 죽인다."

이렇게도 말해보았다.

그러다가 새벽 인경[2]이 울 때에야 그들은 놓았다.

동지사의 일행은 압록강도 무사히 건넜다.

때는 8월 중순이었다. 무연한 만주의 벌에 잘 익은 고량高粱[3]이 머리를 수그리고 있었다. 그 밭 사이에 뚫린 길을 '쉬 ―' 소리 용감스럽게 동지사의 일행은 북경으로 길을 갔다. 짐을 지고 따라가는 복석이의 눈에는 멀리 지평선 위에 용녀의 얼굴이 어른거렸다. 화상을 따다가 붙인 듯이 지평선 위에 딱 붙어서 아무리 지우려야 없어지지를 않았다. 복석이는 그것을 바라보고 빙그레 웃고 하였다.

압록강을 넘어선 지 열흘 만에 복석이는 수토불복[4]으로 넘어졌다. 복석이는 울었다. 억지 썼다. 나를 여기 버리고 가는 것은 소백정이라고 떼도 써보았다. 그러나 대사는 복석이의 병 때문에 지체할 수가 없었다. 그의 병든 몸은 산 설고 물 선 곳에 혼자 떨어졌다. 그리고 동지사의 일행은 여전히 북경으로 북경으로 길을 채었다.

열흘이 지났다. 복석이의 병은 완쾌되었다. 아무리 낯선 수토라 할지라도 철석같은[5] 복석이의 건강은 당할 수가 없었다.

그는 동지사의 뒤를 따르려 하였다. 그때 마침 다행으로 같은 길을 가는 어떤 중국 사람을 만났다. 그들은 사흘을 동행하였다. 그리고 사흘째 되는 날 저녁 그들은 어떤 호농豪農[6]의 집에서 하루를 묵게 되었다.

밤이 되었다. 복석이가 용녀의 일을 생각하면서 혼자 기뻐할 때였다. 갑자기 문이 열리며 되놈[7] 서넛이 달려들어서 복석이의 따귀를 떨어지라 하고 때렸다. 영문을 몰랐지만 복석이는 반항하였다. 그러나 사람의 수효로 4대 1이었다. 그날 밤 그는 결박을 당하여 움[8]에 갇혔다.

이튿날 그는 벌[9]에 끌려 나갔다. 하루 종일을 농사 추수에 조력하였다. 밤에는 또한 결박하여 움에 가두었다. 낮에는 또 일을 시켰다.

20일이 지났다. 그동안에 그는 손짓 눈짓으로 겨우 자기가 10년 기한으로 이 집에 팔렸다는 것을 알았다. 그때에 그는 열아홉 살이었다. 그는 이를 갈았다. 그러나 어찌할 수 없었다. 밤낮을 파수병이 그들을 지켰다.

끝없이 긴 하루를 지나면 또한 끝없이 긴 새날이 이르렀다. 긴 새날이 이를 때마다 그는 용녀를 생각하고 10년을 어찌 지내나 하였다.

1년이 지났다. 아아, 1년이라는 날짜가 얼마나 길었을까? 그러나 이상타. 지나고 보니 꿈결 같은 1년이었다. 어느 틈에 지나갔나 생각되는 1년이었다. 그것은 벌써 만기의 10분의 1이었다. 이렇게 열 번 지내자 지내자 그는 결심하였다.

어언간 10년도 지났다. 지나고 보니 꿈결 같은 10년이었다. 오늘이나 놓아주나 내일이나 놓아주나. 아아, 용녀는 아직 살아 있나? 이렇게 기다리던 끝에 그는 뜻밖의 선고를 받았다. 다른 호농에게 새로운 20년의 기한으로 다시 팔린 것이었다.

처음에 그는 혀를 끊으려 하였다. 그러나 용녀를 생각하고 중지하였다. 또 20년을 참자. 그는 용하게도 이렇게 곁심하였다. 새집에서도 또한 10년이란 날짜가 지났다. 그때 그는 40에 가까운 나이였다.

그는 대국과 왜나라와의 사이에 난리가 있다는 것을 바람결에 들었다. 그 뒤를 이어 대국이 졌다는 소식도 바람결에 들었다.

"왜가?"

그것은 과연 뜻밖이었다. 아아, 그동안 용녀는 잘 있나.

조선이 독립하여 한국이 되었단 풍문도 들었다. 동지사라는 것도 연전 없어졌다는 것도 들었다. 그럴 때마다 그는 용녀를 생각하고 한숨을 쉬고 하였다.

장 대인이 천자가 되었다는 소식이 전하면서부터는 그런 시골중의 시골에서도 욱적하였다.[10] 종들도 모두 놓여난다고 종들 사이에서도 수군수군하는 공론이 많았다. 그때 복석이는 벌써 70이 가까운 나이였다.

마침내 복석이도 놓여났다. 그러나 그것은 장 대인의 덕이 아니고 나이 많아서 농사에 종사하지 못하게 되었기 때문이었다.

아아, 기나긴 날짜였다. 50년이라 하는 진저리나는 긴 날짜를 용녀를 생각하고 살고 용녀를 생각하고 지냈다. 놓여난 때에는 그는 '용녀'의 한 마디밖에는 조선말을 잊은 때였다.

그는 놓여나면서 푸른빛 치맛감을 한 감 사가지고 50년 전의 약속을 이행코저 정다운 고향을 향하여 길을 떠났다.

간 곳마다 그의 경이驚異[11]였다. 기차라는 것이 있었다. 이전에는 나루로 건넌 압록강에 커다란 쇠다리가 놓여 있었다. 이전에는 곳곳마다 곡발관이 씩씩거렸지만 인제는 그 자취조차 없었다. 고을고을의 영문과 군청에는 모자 쓴 아이들이 드나들었다.

정다운 고국? 아아, 그러나 그것은 그에게는 너무나 낯설고 정 붙일 곳이 없는 고국이었다.

그는 서울에 도착하였다. 50년을 두고 그리던 그 땅이었다. 변하였으리라 생각은 하였으나 그것은 상상 이상의 변화였다.

몽롱한 기억에 남아 있는 것뿐이나마 삼각산은 그 빛조차 달라졌다. 남산은 그 형태조차 변하였다.

그는 서울 장안을 집집마다 대문을 기웃거리며 싸들았다.

그는 두 달을 찾았다. 그러나 용녀를 위하여 50년은 참았으나 여기서 두 달 이상을 더 찾을 기운은 없었다. 말로는 고국이나마 산 설고 물 설고 말 모르는 타향이었다.

그는 마침내 단념하였다. 그러나 온전히 단념하지 못한 그의 마음은 서울에 남겨두고 또다시 대국으로 서울을 등졌다. 그의 쓸쓸한 그림자는 의주통도 지났다.

장안은 벌써 재 너머로 사라졌다.

그는 다시 한 번 서울을 돌아보았다. 그리고 침을 탁 뱉은 뒤에 몸을 바로 하였다. 그때였다. 그는 뜻밖에 자기의 여남은 간 앞에 용녀의 뒷모양을 발견하였다.

그는 뛰어갔다.

"당신, 당신……."

너무 억하여 이 한마디밖에는 하지 못하였다.

"왜 이래!"

노파는 홱 뿌리치며 돌아섰다. 그때에 복석이는 50년 동안을 잠시도 잊지 못하였던 그 두 눈알을 보았다. 당신 소리가 연하여 그의 입에서 나왔다.

노파도 마침내 알아보았다.

"이게 누구냐? 복석이로구나!"

둘은 마주 부여잡았다.

이제 다시 놓았다가는 영구히 잃어버릴 듯이 힘을 다하여 쓸어안고 통곡하였다.

좀 뒤에 행인들은 웬 더러운 지나[12]인과 조선 노파가 앞에 푸른 비단을 펴놓고 서로 왜콩을 까먹으며 기뻐하는 양에 경이의 눈을 던졌다.

얼마 뒤에 이 70 난 총각과 70 난 처녀의 결혼식이 있었다. 신부의 몸은 푸른 지나 비단으로 감겨 있었다.

| 부부애 |

"당신 그 지아비가 금년 봄에 병들어 죽었소."

만리 밖에, 돈벌이하러 남편을 떠나보내고 혼자서 외로이 집을 지키고 있는 아내에게 이런 소식이 왔다.

그때 아내는 태중으로 거의 만삭이 되어 있었다.

얼마 뒤에 아내는 옥동을 낳았다.

산후도 경쾌히 지낸 뒤에 아내는 삯베[1]를 짜기 시작하였다. 천하만사를 모두 잊은 듯이 젊은 과부는 베 짜기에 열중하였다.

1년이 지났다.

어린애는 해들거리며 벌벌 기어 다녔다. 젊은 과부는 때때로 뜻하지 않게 베 짜던 손을 멈추고는 어린애를 내려다보고 하였다.

또 1년이 지났다.

어린애는 쿠등쿠등 뛰어다녔다. 쉬운 말은 다 하였다. 젊은 과부의 눈물 머금은 사랑의 눈은 어린애의 생장을 돕는 가장 좋은 거름이 되었다. 어린애는 날이 보이게 컸다.

어린애의 세 돌이 지났다.

천하만사를 잊은 듯이 베 짜기에 열중하였던 젊은 과부는 베 짜기를 중지하였다. 그리고 그사이에 모은 돈을 세어보고 곁집[2]을 찾아갔다.

"엄마 언제와?"

"열 밤 자구 오마."

"그때는 아버지도 같이 오지?"

"암, 같이 오고말고."

앞서는 눈물을 감추고 젊은 과부는 제 가장 사랑하던 아들과 작별하였다. 그사이에 3년 동안을 삯베를 짜서 모은 돈을 어린아이와 함께 곁집에 맡긴 뒤에 수로 천리 육로 천리의 먼 길을 떠났다.

제주도에서 백두산까지, 남쪽 끝에서 북쪽 끝까지 생각만 하여도 진저리가 나는 먼 길을 젊은 과부는 수중에 돈 한 푼 없이 떠났다. 없는 남편의 뼈를 거두어 오고자……

먹을 것이 없을 때에는 솔잎을 씹었다. 산골짜기 바위틈에서 자기가 예사였다. 큰 집에 가서는 동냥을 하였다. 마을에 가서 삯일을 하였다. 이리하여 열 밤 자고 오겠다고 자기 아들에게 약속한 젊은 과부는 집을 떠난 지 1년 만에야 백두산 벌목터까지 찾아갔다.

"제주도에서 왔던 사람의 무덤……"

이러한 몽롱한 질문을 하면서 이 벌목터에서 저 벌목터로 찾아다니던 그는 석 달 만에야 그 '제주도에서 왔던 사람의 무덤'을 얻어냈다.

사람의 독한 마음은 능히 하늘빛을 어둡게 할 수 있는 것이다. 몇 해 동안을 단지 이 한 덩이의 흙더미를 찾기 위하여 애쓴 그는 마침내 여기서 발견하였다. 그는 나뭇개비[3]를 하나 얻어다가 그 무덤을 팠다. 그리하여 무서움도 모르고 밤을 새워가면서 뼈를 추려 가지고 온 치롱⁴⁾에 넣은 뒤에 그는 그 자리에서 처음으로 통곡을 하였다. 4년에 가까운 날짜를 참고 또 참았던 울음이었다.

사흘을 머리를 풀고 통곡을 한 뒤에 그는 산을 내려왔다.

소문이 벌써 퍼졌는지, 산 아래 마을에는 사람들이 수군거리며 그를 기웃기웃 들여다보았다. 젊은 과부는 머리를 수그리고 걸었다. 그의 등에는 가장 그의 사랑하던 이의 해골이 지워 있는 것이었다.

사랑은 가장 큰 것이다. 사랑은 모든 것의 위에 선다. 사랑하는 이를 등에 업은 그는 발걸음조차 가벼웠다. 이제는 사랑하는 이의 유고遺孤⁵⁾를 기르는 귀한 책임이 그에게 있었다.

고향의 길로…… 둘째 걸음은 첫걸음보다 더욱 빠르게 다시 육로 천리 수 로 천리의 길을 떠난 그는 어떤 동리에 들어갔다. 그것은 그 해골을 파낸 곳에서 이틀 길쯤 되는 곳이었다.

그는 시장함을 깨달았다. 한술의 밥이라도 얻어먹을 양으로 어떤 집 문간에 섰다. 남의 집 문간에는 서는 것도 한두 번 뿐이랴만 등에 사랑하는 이의 해골을 업은 이때에는 그것도 그다지 고통은 아니 되었다.

"?"

그는 거기서 없은 줄만 알았던 자기의 남편을 보았다. 어떤 여인과 살면서 그 집 주인 노릇을 하는 남편을……

"여보……"

모깃소리만 한 소리가 짐짓 여인의 입에서 새었다.

"아……"

역시 모깃소리 같은 소리가 남편의 입에서 새었다.

여인의 등에 졌던 치룽은 저절로 미끄러져서 힘없이 땅에 내려졌다. 여인의 오른편 무릎이 땅에 닿았다. 그 뒤를 따라서 왼편 무릎도 닿았다. 그다음 순간 여인의 몸은 넘어지는 고목과 같이 땅에 쓰러졌다.

넘치는 순정을 발에 밟힌 젊은 여인은 너무 억하여 그 자리에 쓰러진 것이었다.

이리하여 그는 거기서 영원한 잠이 들었다.

| 우애 |

"자네 요즘 뭘로 소일하나?"

"그저 그렇지."

길에서 만난 C가 물어볼 때에 A군은 오연히[1] 이렇게 대답하고 지나가버렸다. C는 A군의 동창생의 하나인 재산가요, A군은 무직자였다.

"오 A군! 이즈음 생활이 어떠시오?"

"노형, 아픈 데 있소?"

다른 친구가 길에서 만나서 물을 때에 A군은 불유쾌한 듯이 이렇게 대답하고 휙 지나가버리고 말았다.

그 사람은 어떤 회사의 고급 사원이었다.

"자네 이즈음 용처 벌이나 하나?"

"자네가 돈 잘 벌어서 부자 되게."

또 다른 친구에게는 이렇게 대답하였다.

그 사람은 장사하는 친구였다.

남이 아무 짓을 하든 무슨 관계야. 자기네들이나 어서 돈 많이 벌어서 잘살지. 친구들이 자기에게 문안하는 것조차 A군에게는 수모와 같았다.

이전에 학교에 같이 다닐 때에는 모두 벗이었다. 그러나 일단 교문을 나서서 빽빽이 자기의 업에 달려든 다음부터는 모두들 적이 되었다.

부잣집 아들은 호강을 하였다. 재산 있는 사람은 월급쟁이가 되었다. 재산없는 사람은 그래도 제 직업 하나씩은 붙들었다. 그러한 가운데 혼자서 아무것도 못하고 놀고 있는 A군이었다.

친구들이 그를 만나서 무얼 하고 있느냐고 묻는 것은 A군에게는 마치 나는 이러이러한 일을 하는데 자네는 뻔뻔 놀고 있나 하는 듯이 들렸다.

이제 언제, 이제 언제…… 그는 주먹을 부르쥐며 때때로 생각했다.

겨울이었다.

일없이 하루 종일 거리를 헤매던 A군은 저녁때 무거운 다리를 집으로 돌렸다. 늙은 어머니를 어쩌나. 병신 누이동생을 어쩌나. 모두가 그에게는 근심뿐이었다.

아아, 날도 춥거니와 세상도 춥다…….

그의 얼굴빛은 송장과 같이 핏기가 없었다.

집에는 아랫목에 어머니가 쪼그리고 앉아 있었고, 병신 누이동생이 그 곁에 웅크리고 있었다. 방 안이 바깥보다 더 추웠다.

'모두들 헐벗었구나.'

A군은 방 안을 둘러보았다. 책상 귀에 무슨 편지가 놓여 있었다.

"아까 누가 두고 가더라."

"오늘 누가요?"

"내가 알겠니?"

A군은 봉을 찢었다.

'친구의 정일세. 과동[2]이나 하게.'

그리고 은행깍지 한 장이 들어 있었다. A군의 얼굴은 하애졌다가 문득 시뻘개졌다.

'누가 거지냐. 누가 돈을 달라더냐.'

은행깍지는 다시 그날 밤으로 보냈던 사람의 집에 들어뜨려졌다.

'양반은 얼어 죽어도……'

그는 속으로 부르짖었다. 그러나 목이 메어서 그 뒤는 계속하지를 못하였다.

어떤 날 집에 돌아오매 늙은 어머니가 보이지 않는 눈을 연하여 부비며 무슨 비단옷을 짓고 있었다.

"그게 뭐예요?"

어머니는 한순간 눈을 치떠서 A군을 바라볼 뿐, 대답하지 않았다. A군도 다시 묻지 않았다.

저녁 뒤에 어두운 석유 불 아래서 어머니는 그 옷을 다시 들었다.

"그게 뭡니까?"

A군은 또 물어보았다. 어머니는 역시 대답이 없었다. A군은 또다시 묻지 않았다.

그러나 한참 뒤에 어머니는 혼잣말같이 말하였다.

"우리는 괜찮지만 출입하는 사람이야 옷 한 벌은 있어야지 않니. 품팔이를 해서라두 옷 한 벌은 장만해야지……."

A군은 탁 가슴에 무엇이 받쳐 오르는 것을 깨달았다. 눈이 아득하였다. 그는 얼른 머리를 돌이키고 말았다.

이튿날 그는 낡은 교과서를 한 보퉁이 몰래 싸가지고 집을 나섰다. 그리고 하루 종일 전당국에서 낡은 책방으로, 또다시 전당국으로 돌아다녔으니 80전밖에는 거두지를 못하였다.

C를 찾을까 해보기도 하였으나 죽으면 죽었지 C를 찾지를 못하였다.

'할 수 없다. 이것으로 옷 한 벌은 못해 드리나마 따뜻한 국 한 그릇이라도 끓여드리자.'

그는 저자를 보아³⁾가지고 집으로 돌아왔다.

집안은 뜻밖에 봄같이 화기가 돌고 있었다. 그리고 윗목에는 C가 앉아 있었다.

A군은 순간에 불붙는 눈으로 C를 보았다. C도 A군을 쳐다보

왔다.

"A군, 노여워 말게."

아아, 감격에 넘치는 순간에 사람은 능히 저편 쪽의 심리며 진심까지 귀신과 같이 꿰뚫어 볼 수가 있는 것이다. A군은 C의 눈에서 순정이 흐르는 것을 보았다. 그것은 결코 부르주아의 자비심이 아니고 진정의 마음에서 나온 우애였다.

A군은 둘러보았다.

질소質素[4]는 하나마 두텁고 뜨뜻한 옷에 싸여 있는 어머니와 병신 누이동생을…… 그리고 깨끗한 돗자리를…… 또한 두꺼운 이부자리를…….

A군은 C의 앞에 꿇어앉았다.

눈물이 샘 솟 듯 그의 눈에서 흘렀다.

그리고 A군은 이때에 처음으로 알았다. '순정' 앞에 머리를 숙이는 것은 결코 부끄러운 일이 아닌 것과, 그 앞에 흘리는 눈물이 얼마나 귀엽고 또한 기쁜 것인가를…….

『조선일보』

〈연애〉

1) **동지사** : 조선시대에 매년 동짓달에 중국으로 보내던 사신.
2) **인경** : 조선 시대에 통행금지를 알리기 위하여 치던 종.
3) **고량**高粱 : 수수.
4) **수토불복** : 풍토나 물이 몸에 맞지 아니하여 위장이 상함.
5) **철석같은** : 쇠나 돌같이 단단한.
6) **호농**豪農 : 부유한 농민.
7) **되놈** : '중국 사람'의 낮춤말.
8) **움** : 땅을 파고 추위를 막거나 겨울에 채소 따위를 넣어두는 곳.
9) **벌** : 넓고 평평하게 생긴 땅.
10) **욱적하였다** : 여럿이 한 곳으로 모여 북적거렸다.
11) **경이**驚異 : 놀랍고 이상함.
12) **지나** : '중국'의 다른 이름.

〈부부애〉

1) **삯베** : 삯을 받고 짜는 베.
2) **곁집** : 곁으로 이웃하여 붙어 있는 집.
3) **나뭇개비** : 가늘고 길게 쪼개진 나무의 조각.
4) **치룽** : 싸리로 가로 퍼지게 둥긋이 걸어 만든 그릇.
5) **유고**遺孤 : 아버지를 여원 외로운 아이.

〈우애〉

1) **오연히** : 태도가 거만스럽게.
2) **과동** : 겨울을 남.
3) **저자를 보다** : 저자에 가서 물건을 사다.
4) **질소**質素 : 꾸밈이 없고 수수함.

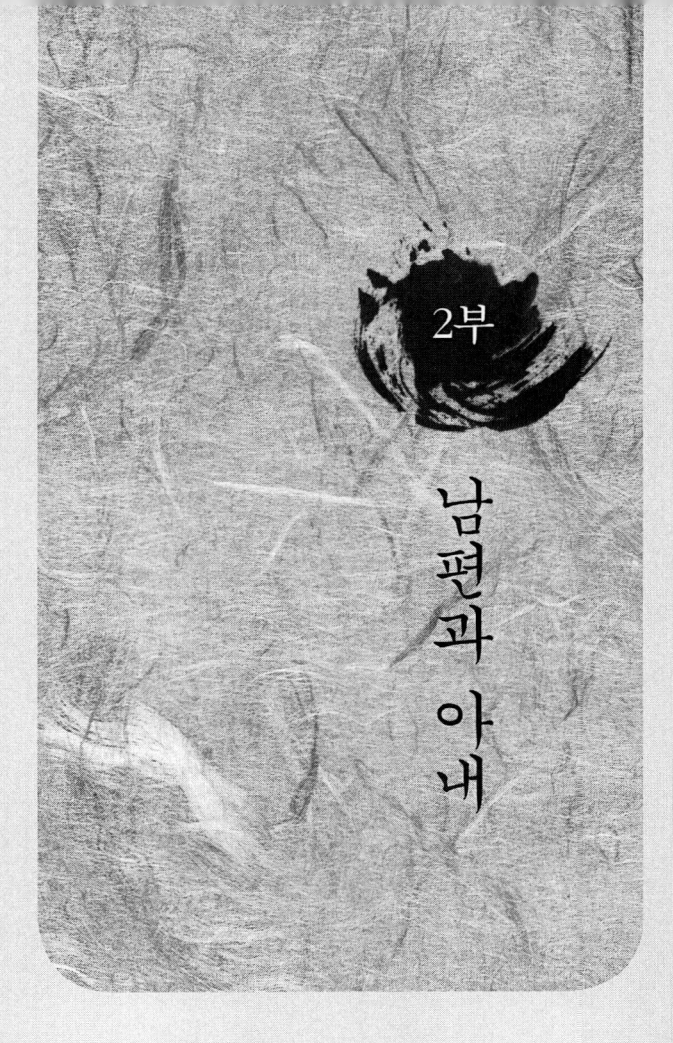

2부

남편과 아내

김동인 | **결혼식**

어떤 날 어떤 좌석에서, 몇 사람이 모여서 잡담들을 하던 끝에 K라는 친구가 내게 이런 말을 물었다.

"자네, 김철수라는 사람 아나?"

"몰라."

나는 머리를 기울이며 대답하였다. 물론 '김'이라는 성이며 '철수'라는 이름은 흔하고 흔한 것인지라 어디서 들은 법도 하되, 이 좌석에서 새삼스레 이야깃거리가 될 만한 '김철수'가 얼른 머리에 떠오르지 않으므로……

"아마 모르리. 지금도 조도전早稻田 대학 재학생이니까……"

"모르겠네."

"송선비라는 여자는 아나?"

"몰라. 아, 가만있게. 뭘 하는 여잔가?"

"○유치원 보모."

"응, 생각나네. 아주 멋쟁이."

나는 언젠가 유치원 연합 운동회에서 본 기억을 일으키며, 그 많은 관중 앞에서 필요 이상의 멋을 부리며 돌아가던 어떤 보모를 머리에 그려보면서 머리를 끄덕였다.

"그렇지. 멋쟁이지…… 참, 조선엔. 그럼 자네는 김철수하고 송선비하고의 결혼 희극도 모르겠네그려."

"알 수 있나."

"참, 조선엔 웬 과년한 계집애가 그렇게도 많은지. 우글우글한 놈에 다섯 여섯씩……."

"그거야 당연한 일이 아닌가? 보통 열한두 살이면 장가를 가던 사내들이 인제는 스물이 썩 넘어야 가게 됐으니깐 열한두 살 난 어린애들이 스물 몇 살까지 자랄 동안은 계집애가 남아날 게지. 1년에 몇 십만 명씩은 과년한 처녀가 남아나리. 지금같아서는 사내 한 명에 여학생 첩 셋씩을 배당한대두 부족은 없을 걸."

"딱한 일이야. 그러니깐 그런 희극도 생기지."

"대체 자네가 하려는 이야기는 어떤 겐가? 매일 신문에 한두 개씩 나는 것같이 송선비도 역시 모르고 그 김 먼가 하는 사람에게 첩으로라도 갔단 말인가?"

"그러면 좋게? 하마터면 김철수가 송선비의 첩이 될 뻔했네그려, 하하하하⋯⋯."

"그럼 송모에게 본남편이 있었단 말인가?"

"하하하하, 이야길 듣게."

K는 앞에 놓인 차를 한잔 들이마셨다. 그리고 이야기를 꺼냈다.

김철수라는 사람은 근본은 보잘것없으나 돈냥이나 있는 집 자식일세그려. 그 돈냥의 덕으로 지금 조도전 대학에⋯⋯ 무슨? 그⋯⋯ 법과라나 문과라나 좌우간 장래에 목적은 둘째 두고 시재 감당하기는 쉬운 과목을 닦는 중이야. 나이 스물두살. 기처棄妻[1]한 독신자. 예수교회에 다니는 무신론자.

성질로 말하자면 좀 조급하고 과단성이 없으면서도 결기 있고 부끄럼을 잘 타고도 그만하면 비위가⋯⋯ 더구나 남녀 관계의 일에는 비위가 척척하고 신경질이고⋯⋯.

그자가 여름방학에 귀국했다가 혼약을 하지 않았겠나. 그 상대자가 송선비네그려.

본시 송선비라는 여자는 집은 자기 어머니가 월자 거간을 해서 먹어가는 집안이니깐 재산 형편으로는 보잘것없는데, 여기서 여고보女高普를 고이 마치고 서울 ○○여학교에까지 다녔는데 더구나 여기서 공부할 때나 서울서 공부할 때나 그 옷차림이며 무엇에든 가장 그…… 소위 첨단을 걸은 여자란 말이지.

여기서 치마에 아래쪽까지 다림질해 입기를(즉 서울 유행을 제일 먼저 수입한 겔세그려) 그것도 송선비지. 치마가 길었다 짧았다 저고리가 커졌다 작아졌다 하는 유행을 제일 먼저 수입해서 실행한 것도 송선비지. 물론 상학할 때에는 그렇게 못하지만, 늘 이름 모를 일본 비단을 몸에 감고 허욕에 뜬 계집애들의 유행의 선봉을 선 것도 송선비지.

내가 직접 보지는 못했지만 서울 ○○여학교에 다닐 때에도 제일 멋쟁이고 제일 하이칼라[2]였대나. 팔에는 백금 팔뚝시계, 손가락에는 (단 한 개지만)커다란 금강석을 박은 반지, 언제든 살이 훤히 보이는 엷은 비단 양말…… 대체 그 돈은 어디서 났느냐 말이야. 하기는 ○○여학교에 다닐 때에는 그 비용이 모두 그 학교 교장 Q씨에게서 나왔단 말이 있어. 뿐더러 Q씨와 함께 낙태를 시키려 어떤 시골까지 다녀왔단 말까지 있기는 해.

Q씨라는 사람은 자네도 알다시피 유명한 색마가 아닌가. 건강한 육체와 여자와 많이 사귈 수 있는 제 지위를 이용해가지고 유혹, 간통, 강간…… 온갖 인륜에 어그러지는 일을 해나가는 것으로 유명한 사람이 아닌가. 그러니깐, 그만하면 얼굴도 반반하고 역시 비위도 추근추근하고 성욕도 센 선비하고 어느

덧 이렇게 저렇게 됐다는 것도 차라리 당연한 일이겠지.

전문傳聞[3]에 듣자면 씨하고 Q 선비하고의 사이는 꽤 열렬하게 까지 됐던 모양이야. 여자에서 여자로 잠시도 끊임없이 옮겨 다니던 Q씨가 선비하고 어울린 다음부터는 다른 여자에게는 손을 한동안 대지 않았다나. 이것은 둘의 사랑이 너무 열렬해서 그랬는지 선비가 샘이 너무도 세서 그랬는지 혹은 두 사람의 성욕의 강도가 꼭 맞아서 그랬는지 그건 판단을 내릴 수가 없지만, 사실 선비가 ○○여학교 재학 중에는 다른 여자에게는 손을 안 댄 모양이야.

이러구러 선비는 그 학교를 졸업하고 이곳 ○유치원 보모로 내려오게 됐네. 물론 울며불며 작별의 일장의 비극이 있었겠지. 응? 그…… 에라 놓아라, 난 못 놓겠다, 양산돌세그려.

서울하고 예하고가 500여 리 상거가 된다 하나 매일 가는 1,000명, 오는 1,000명, Q씨하고 선비 사이의 로맨스도 이곳에서 모르는 이가 없으리만치 쭉 퍼졌지. 그리고 사흘거리로 Q씨가 평양을 내려와서는 선비를 불러다가는 여관에서 묵고 도로 올라가고 했네그려. 김철수하고의 혼약이 꼭 그때야.

지금도 나는 선비의 속을 알 수가 없어. Q씨하고 그만치 정분이 났으면 왜 철수하고 혼약을 했는지. 물론 Q씨에게야 아내가 있기야 하지. 하지만 소위 연애에는 국경도 없고 계급도 없고…… 연애는 온갖 것을 초월한다는 모던 걸 송선비 양에게야 Q씨에게 아내가 있고 없는 게야 문제가 안 될 게 아닌가.

죽자 사자 판에 본처가 다 뭐야. 뭘? 흥? 그래, 그렇게밖에는 해석할 수가 없겠지. '운명에 맡기자', 이게 조선 사람의 공통성이니깐. 애정은 애정, 운명은 운명, 이렇게 두 군데로 갈라붙이고 놈팡이한테로 시집을 가기로 결심을 한 거겠지.

한데, 그 혼약을 하던 이야기도 장관이야. 수재 김철수 군이 매파[4]와 함께 선을 보러 색싯집을 가지를 않았겠나. 가니깐 좌정을 한 뒤에 이러구저러구 색시의 어머니가 두어 마디 말을 물어보더니,

"신식은 단둘이서 이야길 해야지."

하더니 매파에게 눈씨[5]를 해서 함께 밖으로 나가더라나. 그런 뒤에 좀 있다가 참외를 깎아서 한 대접 들여보내더라나. 그러니깐 공주 낭랑한 음성으로 말씀하시기를,

"좀 가까이 와서 잡수세요."

놈팡이 정신이 절반이나 나갔지. 카페의 웨이트리스나 기생이나 데리고 놀아본 녀석이 신식 하이칼라 색시한테 이런 말을 듣고 보니깐 어리둥절했단 말이지.

"천만에 천만에."

밑구멍으로 담만 뚫네. 머리를 푹 수그리고……. 그런 뒤에는
한참 묵언극이 연속됐네. 신랑 간간 용안을 굴려서 신부를 보
면 신부는 입에 미소를 띠고 뚫어지게 신랑만 바라보겠지. 그
눈을 만나면 신랑은 또 한번 밑구멍으로 담을 뚫고……. 이러다
가 갑자기 버썩하는 소리가 들려서 보니깐 신부가 신랑의 가까
이 왔더라나.

"좀 내려가세요."

하면서 손까지 덥석 잡으면서. 놈팡이 혼비백산해서 네, 네, 하
면서 몸을 조금 움직이려니깐 신부는 잡았던 손을 털썩 놓고
와락 하니 신랑에게 달려들더니 키스를 퍼붓기 시작했다. '엉
야', '엉야', 소리를 연방 내면서 뺨, 코, 입, 할 것 없이 키스의 소
낙비를 내리붓는다. 그리고 한참 매달려 그러다가 슬며시 손을
신랑의 허리춤으로 넣어서 쓸어보더라나.

이렇게 혼약이 성립됐네그려. 놈의 눈에는 년과 같은 색시는
이 세상에 다시없게 비쳤지. 우리 같아서는 그런 천박한 계집애
는 다시 상종하기도 싫겠지만, 우리보다는 한층 개화한 놈팡이
의 눈에는 그게 모두 천진스럽고 활발하게만 뵐 뿐더러 초면에
이만치 구는 것을 보니깐 벌써 자기한테 잔뜩 반했느니라, 이렇

게까지 생각됐단 말이야.

그 뒤에는 놈, 맨날 년의 집에 묻혀 있네. 놈은 아직 부끄럼을 타는 놈이라 색시네 집에서 밤잠까지 자겠다고 졸라보지는 못했지만 낮에라도 부모는 피해주고 단둘이 있으니깐 그 재미가 괜찮았던 모양이야. 눈만 뜨면 처가에 갔다가 밤이 들어야 하릴없이 어슬렁어슬렁 제 집으로 돌아오네그려.

그동안에도 물론 Q씨야 몇 번을 년을 만나러 내려왔지. 그러면 년은 약수에 갑네 냉천에 갑네 하고 약혼자를 속이고 하루이틀씩 나가자고 들어오고. 그러나 색시한테 잔뜩 반한 놈은 그저 와짝[6] 색시를 신용만 하고 있었지.

그러는 동안에 언젠가 색시는 자기와 Q씨의 관계를 새서방에게 다 이야기했다나.

'이만하면 인젠 내 이전의 비밀을 이야기해도 괜찮으리라.'

이만큼 생각이 들어갔기에 이야기했겠지. 그리고 결론으로는 나는 당신 때문에 Q씨를 버렸으며, 인제부터는 당신 하나만 사랑하고 귀히 여기겠노라고 하면서 예에 의지하여 키스의 벼락을 내렸다.

철수는 응, 응, 할뿐 아무 말도 못했지. 뭐라겠나. 더구나 인젠 잔뜩 선비한테 반한 놈이 몽치[7]로 쫓아도 따라올 판인데 당신 때문에 그 사람을 버렸노라는데 뭐라고 할 말이 있나, 오히려 Q씨와 같이 이름난 명사를 자기 때문에 버렸다는 게 고마우면 고마웠지 나무랄 데야 어디 있겠나. 자기도 총각이 못 되는 이상 선비에게서 처녀성을 요구하기도 어떻고…….

참 이런 곳에선 여인이란, 장해. 사내는 두 여편네를 감쪽같이 조종할 능력을 가진 사람이 절무라 해도 좋은데, 여편네는 감쪽같이 속여가면서 두 사내를 조종하거든……. 철수에게 향해서는 인젠 Q씨와는 인연을 끊었으며 당신밖에는 이 세상에 사랑하는 사람이 없다고 맹세를 하고, 또 Q씨에게는 자기는 부모의 명이라 하릴없이 다른 사람과 혼약을 했지만 결단코 시집은 안 가노라고 좌우편에 발라 맞춰놓았네그려.

약한 자여, 네 이름은 계집이라…… 셰익스피언가 한 바보가 이런 소릴 했지? 천만의 말씀! 강한 자여, 네 이름은 계집이라. 어리석은 자여, 네 이름은 사내라. 한 놈은 약혼자가 자기 때문에 조선에 이름 있는 사람을 버렸다고 기뻐하고 있고, 한 놈은 전도가 양양한 학생이고 독신자인 신랑도 계집을 후리는 능력에는 자기를 당할 수가 없다고 속으로 기뻐하고 있는 동안에, 계집은 두 사내 녀석을 마음대로 이력저럭 놀리고 있었네그려.

"나는 당신의 애인."

"나는 당신의 아내."

두 사내에게 구별하여 던지는 이 두 가지의 말은 두 사내를 다 흡족하게 했지.

그러는 동안에 여름방학도 끝나고 철수는 다시 동경으로 가게 됐네. 겨울방학에 귀국해서 혼례식을 하기로 작정을 하고, 철수야말로 진정 석별의 눈물을 뿌리면서 떠났지.

선비는 떠나는 님을 바래다주느라고 유치원을 쉬고 서울까지 따라왔네. 철수는 가슴이 무거워서 기차에서 말을 한 마디도 못했다나. 때때로 먼 산만 바라보다가 한숨을 쉬고, 그러고는 곁눈으로 장래의 아내를 보고…….

선비도 또 간간 손으로 철수의 넓적다리를 꼬집을 뿐 아무 말도 못하고 서울까지 갔겠지. 그리고 서울에서 기차가 20분 동안 머무는 사이에 승객들의 눈을 피해가면서 몇 번 키스를 하고 그런 뒤에는 안녕.

철수는 따라 나오면서 반벙어리같이,

"석 달…… 석 달……"

말을 맺지를 못하며 이렇게 중얼거렸다나. 그것을 가장 극적, 가장 비창한 얼굴로 한번 돌아본 뒤에 총총히 정거장 문으로 뛰어나온 선비는 철수하고 키스한 자리가 마르기도 전에 20분 뒤에는 벌써 입을 Q씨에게 내맡겼네그려.

"갑자기 당신이 보고 싶어서 예까지 왔소."

Q씨, 다시 녹아나지.

나폴레옹이 제 애인한테 '너무 분망해서 하루에 두 장 이상은 편지를 못했다'나. 철수는 나폴레옹보다도 분망했는지 하루에 한 장씩밖에는 편지를 못했다. 그리고 놈, 돌아가면서 자랑을 하네.

"긴상(혹은 리상, 혹은 박상, 혹은 최상), Q씨라고 아시오?"

그들은 대개 Q씨를 알았다. 그 사행私行이야 어떻든 소위 명사라는 Q씨는 흔히 그 이름이 신문 잡지에 오르내렸으니깐 그들도 대개 귀에 익은 이름이야. 그래서 들은 법은 하다고 대답하면 철수는 코를 버룩거리네그려.

"그자의 애인을 내가 뺏었구려. 이번 귀국해서 약혼을 했는데, 그 규수가 본시 Q씨의 애인이던 사람이에요."

하고는 내 수완이 어떠냐는 듯이 다시 한 번 코를 버룩거리네. 그러고는 정신없는 사람같이 묻지도 않는 말에 서두도 없이,

"피아놀 잘해요."

혹은,

"겨울방학에 혼례식을 합니다."

혹은,

"미인 애인을 둔 사람이 멀리서 근심스러워 어떻게 견디는지."

이런 소리를 중언부언하네그려.

세월은 여류수라 학수고대하던 겨울방학이 이르렀네. 철수는 여비를 와짝 많이 청구했지. 그리고 신부에게 보낼 장을 잔뜩 보아가지고 결혼식을 하려고 귀국의 길을 떠났다.

"이번 귀국해서는 송선비 양, 그 유명한 Q씨의 애인이던 미인과 결혼식을 합니다."

"일자는 송양과 편지로 대략 작정했는데 양력 정월 초닷샛날, 신년 연회날로 하기로 했습니다."

"긴상(혹은 리상, 혹은 박상, 혹은 최상), 겨울방학에 귀국 안 하시오? 갑시다그려. 가는 결에 평양까지 가서 내 결혼식에 참례해주구려."

"하다못해 축전이라도 안 해주면 원망하겠소."

부러 하루의 틈을 내어가지고 친구들을 찾아다니며 이런 인사로써 자기의 결혼을 잔뜩 선전을 해놓은 뒤에 몇몇 친구의 축하 만세 소리를 뒤로 남기고 용감스럽게 동경을 떠났겠지.

한데 작자 귀국할 때 별별 지혜를 다 짜내가지고 신부한테는 부러 귀국 일자를 통지하지 않았네그려. 혹은 결혼식 이삼 일

전에나 귀국하게 될는지, 이만치 알려두었네그려. 놈은 빈약한 두뇌로 연구하고 연구해서 애인을 기껏 놀래고 반갑게 할 예산이지.

그런데 뜻밖에 경성역에서 선비를 만났네그려. 사내도 깜짝 놀랐지. 계집도 깜짝 놀랐다.

"에그머니!"

계집은 그런 비명을 내고 눈이 멀진멀진[8] 서 있었지만, 그런데 당하면 역시 계집이 나아. 뒤이어 생긋 웃으면서,

"글쎄, 오늘쯤은 오실 것 같아서 예까지 마중 왔어요."
하면서 철수의 곁에 빈자리에 털썩 걸터앉았다.

감격…… 감격밖에야, 철수에게 무슨 다른 느낌이 있겠나. 철수는 감격에 넘치는 눈으로 정신없이 이 여신을 우러러보고 있었네그려.

"난…… 난……."

바보지. 반벙어리같이 중얼중얼.

"오시면 그렇게 소식도 없어요?"

"난…… 난……."

"몰라요. 사내란 다 그래요. 무정도하지."

"난…… 난……."

"내가 눈치 채고 나오지 않았더라면 애인(작은 소리로) 오시는데 마중도 못 나올 뻔했지."

"난…… 난……."

신파 희극에 나오는 만남일세그려.

좌우간 서울서 후덕덕 평양까지 내려왔다 하자.

철수는 돈냥이나 있는 녀석, 게다가 신식 마누라를 얻으려고 기처한 녀석, 이번 결혼식에는 제 빈약한 두뇌를 통 짜내서 한번 잘해보려고 별 궁리를 다했지. 뭘? 후행[9]은 일곱 사람을 세우기로 했다나? 그러니깐 남녀 합해서 열네 사람이지. ○○예배당에서 식은 거행하기로 하고 거기 대해서 별별 플랜을 다 세웠다나. 행진곡에는 풍금은 너절하다고 오케스트라로 하기로 하고 신랑 신부가 탄 자동차가 길모퉁이에 나타만 나면, 보이스카우트들이 나발을 불어 환영하고 유치원 원아들이 축하 창가를 하고 활동사진 기계를 갖다 대고 그 광경을 촬영하고…… 우인의 두뇌로써 짜낼 만한 별별 지혜를 다 짜냈지. 그리고 알건 모르건 지명 명사에게는 모두 초대장까지 보내고…….

정월로 들어서면서부터는 친구들이며 그 밖 사면에서 선물이며 축사문이 뻔히 들어오네. 놈팡이 코가 더욱더 버룩거리지.

한데 소위 결혼식 전날은 보조연습인가를 하지 않나? 음악에 맞추어서 식장까지 들어갈 발걸음의 연습일세그려. 정월 초나흗날 신랑 각하 옥보를 신부댁까지 옮겼네그려. 오후 5시에 보조연습으로 ○○예배당으로 동부인하기로 약속을 해두었으니깐 4시 40분쯤 신부 댁까지 갔네그려. 그랬더니 굳게 약속해두었던 신부가 집에 없단 말이지. 신랑 눈이 퀭해가지고 한참 신부 댁에서 기다리다가 무료해서 그만 나오지 않았겠나. 그리고 막 대문 밖으로 나서려는데, 신부의 고모 되는 노파가 따라 나왔다나. 그리고 입을 꼭 신랑의 귀에 갖다가 댄 뒤에,

"○○여관으로 가보게. 아마 거기 있으리."

하더라고, 그리고 그 뒤는 혼잣말같이,

"Q인가 한 녀석이 또 왔다나."

하면서 집으로 도로 들어가 버리더라고. 짐작컨대 고모는 조카딸의 품행 나쁜 것을 속으로 밉게 보았던 모양이지.

우인에게도 강짜는 있는 모양이야. 아무리 저편은 명사라고 아직껏 그 명사를 버리고 자기에게로 온 것을 자랑스럽게 생각하던 철수도 이 소리는 귀에 거슬렸다.

'떨어졌노라더니 아직도 붙어 있었구나.'

결이 잔뜩 나서 씩씩거리며 ○○여관 문 안에 쑥 들어서니 맞은편에는 낯익은 여자 구두가 놓여 있다. 하늘이 사람을 내실

때에 한 가지 꾀는 주셨으니, 작자 첨에 들어서는 결기로 봐서는 불문곡절하고 그 방으로 들어가서 한바탕 부숴댈 것 같았지만 그 결을 죽이고 문밖에 가만히 가서 들여다봤네그려. 그러니깐 안에서는 별별소리가 다 나는데 혹은,

"인젠 영결이로구려."

혹은,

"친정으로 편지라도 자조 해줘요."

혹은,

"며칠 있다가 그 사람은 다시 동경으로 갈 테니깐 그때 또 만나러 와주세요."

아이구, 기가 막히지. 그 뒤에는 별별 몸부림 지랄 다 하네그려.

"서방질하는 것을 발견하였다. 그 자리에서 움직이지 말라."

가부키로 말하자면 이러고 칼로 벨 장면일세그려. 그렇지만 놈팡이 가부키를 아나. 눈앞에 보이는 게 구두짝일세그려. 구두가 한 짝 문을 깨뜨리고 그 방으로 날아 들어갔지. 그다음에 또 한 짝, 또 한 짝, 또 한짝…… 네 짝 다 방 안으로 던진 뒤에는 구두가 없으니깐 이번엔 제 몸집을 방 안으로 던졌네그려. 그리고 거기는 일장의 활극이 일어났지.

"명사도 별 게 없데. 때리니깐 코피가 나던걸."

이게 놈팡이의 회고담. 좌우간 ○○학교 교장 명사 신사 Q씨는 조선 13도 사람이 다 모여든 여관에서 실컷 두들겨 맞고, 멋쟁이 하이칼라 송 양은 치마를 찢기고 잠방이 바람으로 제 집으로 달아나고……

물론 파혼이지. 한데 신부 집도 꽤 깍쟁이데. 그사이 받았던 폐백이랑 예물을 그 밤으로 돌려보냈는데, 옷과 이부자리는 내일이 잔치니깐 물론 모두 지어두었을 것이 아닌가. 그걸 모두 도로 뜯어서 감으로 돌려보냈다나.

신랑 집에서는 파혼은 해놓았지만 큰 걱정일세그려. 음식 차렸던 것은 둘째 치고 내일 잔치하노라고 모든 친지들한테 알게 하고 부조 들어온 것도 착실히 받아먹고 했는데 잔치를 못하면 그게 무슨 망신인가. 그 가운데도 신랑 녀석은 동경에서 친구들한테 모두 알게 해놓고 내일은 축전이 적어도 사오십 장이 들어올 텐데 마누라를 못 얻고 그냥 홀아비로 동경에 들어가면 꼴이 되겠나. 다른 것보다도 그 체면상 큰 걱정이지. 자, 이 일을 어쩌나.

그런데 버리는 신이 있으면 구해주는 신이 있다고 한창 그날 밤 야단이라고 욱적[10]들 하는 판에 신랑의 아버지의 친구 되는 사람이 놀러 왔다가 그 걱정을 듣고 한 가지의 묘안을 꾸며내

는데 왈,

"내게 딸이 하나 ○○군 보통학교의 훈도로 가 있는데 인물도 그만하면 얌전하고, 학교 선생님이니깐 지식도 상당해. 어떤가." 하는 겔세그려.

궁즉통[11]이라. 이런 복이 하늘에서 떨어질 줄이야 어떻게 알았겠나. 큰 망신을 할 판에 누구든 와주기만 하겠다면 해주겠는데 게다가 인물은 얌전하다 학식도 있다 뭘 나무라겠나.

타협은 성립되고 그 밤으로 색시 아버지는 딸에게 전보를 쳤것다.

무슨 영문인지를 모르고 이튿날 딸이 올 게 아닌가. 새벽에 온 딸을 아버지는 일장 훈화를 한 뒤에 다짜고짜로 오늘로 예식을 들란다.

"신랑은 재산도 있다."

"조도전 대학 재학생이다."

"인물도 잘났다."

이런 조건을 들어가지고 아버지는 딸에게 권고를 하네. 딸은 우두커니 앉아 있더니 마지막에 하는 말이,

"다른 데에는 부족한 데가 없습니다. 그러나 일자가 너무 급박하니 체면상 오늘 말을 내어가지고 오늘이야 어떻게 예를 이

루겠습니까. 하니깐 한 주일만……."

말하자며 예식일을 한 주일만 연기하면 다른 의의는 없단 말일세그려. 그렇지만 신랑 집 사정을 아는 아버지는 오늘 당장으로 시집을 가라네. 오늘 가라, 한 주일 뒤에 가겠다 한참 가사 싸움이 있은 뒤에 아버지 하릴없이 딸에게 지고 그만 신랑 집에 가서 그일을 보고했네그려.

그러니깐 신랑 집에서도 완고히 오늘을 주장하네그려. 연기를 못할 바는 아니다. 그러나 하루 이틀을 연기를 한대도 한 주일씩은 못하겠다. 이게 신랑 측의 주장. 그럴 듯도 해. 아무리 겨울 음식이라 하지만 오늘을 목표로 삼고 만들었던 음식이니깐 한 주일을 어떻게 견디겠나. 게다가 혼인 예식을 하루 이틀은 무슨 핑계로든 연기하지만 한 주일을 연기할 핑계야 쉽겠나.

색시 아버지는 몇 번을 딸과 신랑 사이에 타협을 시키려다 못해 타협이 안 됐네그려. 딸은 할 수 없이 학교로 돌아갔지. 한데 갈 때도 미련은 꽤 남아 있었던 모양이야.

"못해도 나흘이야 연기……."

아버지에게 들리리만치 이런 혼잣말을 하면서 떠났다나.

그다음에는 신랑 집에서는 다른 방책을 쓸 밖에는 수가 없구먼. 그래서 성 안에 있는 매파라는 매파는 죄 모아가지고 집안이 통 떨쳐나서서 색시를 구하러 다니네. 한데 웬 처녀가 그리도 많아. 식구 사오 명이 죄 나서서 시집갈 학생이라는 학생은 죄다 보았는데 역시 일자가 문제라. 색시와 일자 관계를 숫자로 나타내자면,

석 달 이상 기한: 8명

한 달 내외 기한: 31명

보름 내외 기한: 36명

한 주일 기한: 16명

닷새 기한: 16명

합계: 107명

이렇네그려. 이틀 안으로 오겠다는 사람은 하나도 없다. 그중 기한이 짧은 한 주일과 닷새의 서른두 명에게 몇 번 매파를 다시 보내서 오늘 밤이나 내일로 하도록 하자 해도 그것만은 차마 듣지를 못하겠는지 시원한 회답이 없어. 그것도 그럴 게야. 기생도 만난 첫날로는 좀체 몸을 허락하질 않는데 ᄉ집이야 그렇지 않겠나.

예배당에서는 '축 결혼식', '김철수 송선비 만세', '너 좋겠구나', 이런 축전들이 몰아 들어오는데 신랑 집에서는 색시 선택에 야단이지. 더구나 결혼식이 오후 6시라고 ○○예배당으로 결혼식

구경을 갔던 남녀노소들이 껌껌한 집만 보고는 그 연유를 캐자고 신랑 집으로 오네. 창피도 창피려니와 이 일을 어쩌겠나. 경사 집안이 경사 집안 같지 않고 이 구석 저 구석에서 수군수군하는 게 무슨 흉변이 있는 집안 같을세그려. 그러나 속수무책이라. 할 수 있나.

그때(역시 하느님은 고마워) 일도의 광명이 하늘에서 비쳤네그려. 웬 낯선 매파 하나가 통통 뛰어오더니 오늘 밤으로라도 시집을 오려는 색시가 있다 한다. 이게 웬 떡이냐. 이렇다 저렇다 잔말을 할 처지가 못 되지. 그래서 그게 정말이냐고 물으니깐 매파도 맹세 맹세 하면서 인제라도 곧 데려올 수가 있다네.

후…… 그 뒤에야 무슨 다른 여부가 있겠나. 청혼 허혼 벼락같이 끝나고 부랴부랴 예배당에 꽃을 장식한다 광목을 편다 보이스카우트를 부른다 후행들을 도로 청해서 예복을 입힌다 목사를 부탁한다 야단이지.

갑자기 하는 일이라 여자 후행을 구하기가 힘드니 네 명만 신랑댁에서 구해주시오. 구할 수 없으면 있는 대로 합시다. 우리도 밤중에 갑자기 구할 수 없소. 이렇게 일곱 명을 세우려던 후행은 세 명이 되고 다른 것도 모두 예산대로 되지 않고 ○○예배당에는 아직 전등을 안 달았는데 본시 계획으로는 이날만은 임시 가설을 하려던 것인데 그것조차 그만두고 어두컴컴한 석유등 아래서 대스피드의 화촉의 전이 거행되게 됐네그려.

스피드 스피드 한 달 사 이런 스피드도 쉽잖을걸.

"남편은 아내를 버리지 말고."

"네."

"아내는 남편을 버리지 말고."

"네."

"쌈도 말고."

"네."

"때리지도 말고."

"네."

하하하하. 놈팡이, 신부의 얼굴도 아직 보지를 못했는데 소위 예물 교환이라고 있지 않나. 결혼반지 교환. 그때 손에 반지를 끼워주면서 힐끗 보니깐 머리를 푹 숙이고 있으니깐 면사포 틈으로 다 보이지는 않지만 하얀 이마와 하얀 콧등이 꽤 이뻐 보이더라나. 자식 코가 더 벌룩거리지.

좌우간 이렇게 결혼식도 무사히…… 아니, 외려 성대히 끝났는데…… 그러니까 놈팡이는 환희의 절정에 올라가 있지 않겠나. 그런데 이 환희가 한 시간도 지나지 못해서 실망의 구렁텅

이에 떨어지네그려. 간단히 결론을 하자면 결혼식을 끝내고 신부를 껴안고 집으로 돌아와서 면사포를 벗기고 보니깐 몇 해 전에 쫓아버렸던 놈팡이의 고처古妻[12]라. 말하자면 놈팡이의 은혼식을 한 셈일세그려. 몇 해 전에 구식이라고 쫓아버렸던 고처하고 다시 신식 결혼을 했네그려.

놈팡이 열쩍었던지 이튿날로 동경으로 달아나고 말았다. 신혼의 재미도 보지 않고…….

한데 동경에서 나오는 기별을 들으니깐, 자식, 고처하고 다시 결혼식을 했단 말은 일절 내지도 않고 송선비와 결혼한 이야기며 송선비의 미덕을 선전하면서 돌아다닌다나. 그리고 더구나 그 결혼식 때 자기의 고처가 와서 방해를 해서 혼이 났노라며 방해하던 이야기도 여러 가지로 하더라나. 그만치 꾸며대기를 잘하면 소설가가 됐으면 성공하겠데. 하지만 놈팡이의 처지로 보면 또 그런 거짓말이라도 해서 자기라도 속여둬야지 그렇지 않고야 망신스러워서 살겠나.

좌우간 재미있는 이야기야.

『동광』, 1931

1) **기처**棄妻 : 조선시대에 인정된 이혼.
2) **하이칼라** : 서양식 복장과 머리 모양을 한 신식 여자를 비유하는 말.
3) **전문**傳聞 : 전하여 들음.
4) **매파** : 혼인을 중매하는 할멈.
5) **눈씨** : 쏘아 보는 시선의 힘.
6) **와짝** : 단번에 매우 많이.
7) **뭉치** : 짤막하고 단단한 몽둥이.
8) **멀진멀진** : 멀뚱멀뚱의 평안도 방언.
9) **후행** : 혼인 때 가족으로서 신랑이나 신부를 데리고 가는 사람.
10) **욱적** : 여럿이 한 곳으로 모여 북적거리는.
11) **궁즉통** : 궁하면 통한다.
12) **고처**古妻 : 전 부인.
13) **단연히** : 확실하게.
14) **고천문** : 예식 때에 하느님께 아뢰는 글.
15) **폐풍**廢風 : 없애야 할 풍습.

나의 결혼주례기

　내가 조선으로 돌아와서 이 5년 동안 결혼주례를 한 것이 어언 3백여 쌍이나 됩니다. 그런데다 나는 예복을 다른 연회에는 입지를 않고 결혼주례에만 꼭 입는 것이므로 시골사람 의관하면 장에 가느냐고 묻듯이 내가 예복을 입으면 친지들은 또 주례를 가느냐고 묻지요.

　그런데 무슨 내가 그걸 하고 싶어 하는 것은 물론 아닙니다마는 그것이 인생의 즐거운 일이요, 또한 의의 있는 일이기 때문에 친지로부터 하여달라는 부탁을 받으면 막을 수도 없는 일입니다. 친지뿐 아니라 친지의 친지를 통해서도 그러한 주례의 부탁이 많은데 이 또한 친지를 통해서의 부탁이니만치 거역할 수가 없는 일이어서 그럭저럭 하여온 것이 그렇게 되나 봅니다.

　그러나 그렇다고 또한 친지의 부탁이라고 해서 덮어놓고 다 듣는 것도 아닙니다. 아무리 친지의 부탁이라도 그 당자가 결혼을 하여서 가히 가정을 이루고 살만한 위인인가를 물색해보아 그럴듯하다면 승낙을 하거니와 그렇지 못하게 보이는 경우이면 단연히[13] 거절을 합니다.

이것은 하필 친지를 두고 하는 말도 아니고 어떠한 계급의 어떠한 인물이 나를 따질 것 없이 내게 주례를 청하면 나는 그 결혼 당사자의 위인을 우선 저울질을 해보아 주례의 태도를 결정[11]합니다.

그러면 청탁하는 결혼에 있어서 그 당자만 똑똑하면 나는 주례를 승낙하느냐 하면 그렇지도 않습니다. 귀족들이 숭엄崇嚴하게 하는 결혼식 주례는 하지 않습니다. 현대인의 자우결혼으로 간단한 예식의 주례이어야 마음이 내킵니다. 옳은 것을 버리고 그른 것을 애써 우기는 그러한 꼴이 눈에 거슬리기 때문입니다.

귀족의 심리란 어떻게 된 것인지 영국이나 미국까지 가서 몇 해씩 유학을 하고 돌아왔다는 그 소위 인텔리 청년들도 가령 자기의 자식의 결혼에 고천문[14]을 외이고 기도를 하고 폐백을 받고 어쩌고 합니다. 이러한 결혼에는 단연히 주례를 안 합니다.

식장은 없어도 좋습니다. 예복이 없어도 좋습니다. 그 결혼 상대자가 그저 장엄한 맹서만 하였으면 그들의 결혼은 완전히 되는 것입니다. 나는 이러한 결혼을 좋아하는 것입니다.

내가 해외에 있을 때 일이지만 그때엔 하필 조선인의 결혼주례뿐이 아니라 중국인, 미국인 이런 외국인들의 결혼에 주례도 하여본 일이 있는데, 어떤 여관에서 한 일도 있고 사랑방에서 한 일도 있습니다. 물론 그때 그들에게는 특수한 사정도 있었지만, 요즘 돈을 벌기 위하여 예식부에서 만들어 세를 놓는 울긋불긋한 꽃을 사다 장식을 해놓고 하는 것보다는 오히려 신성한 맛이 있었습니다.

결혼에 식장이 문제가 아니고 의복이 문제가 아닙니다. 근래의 결혼식에 한 가지 폐풍癈風[15]은 결혼식에 빚을 내다가 굉장히 하는 그것입니다. 그래서 그달그달 월급으로 생계를 도모해 가는 박봉 월급쟁이에게는 이 결혼식만 한번 치르고 나면 그 빚을 막을 길이 없어 쩔쩔매어 지나는 꼴입니다. 그러지 말고 있는 대로 간단하게 지내고 살면 어때서 그러는지 이건 단연히 폐지하여야 할 것입니다.

그리고 또 한 가지 폐풍은 신랑을 달아매는 그것입니다. 최근 어느 결혼에 주례를 하고 나는 그 연회석을 탈퇴하고 나와 버린 일이 있습니다. 결혼이 끝나자 신랑신부는 신혼여행을 떠나려고 차를 타려 경성역으로 나갔습니다. 그런 걸 그 소위 신랑의 친구들이라는 작자들이 신랑을 달아매겠다고 잡아 들여왔지요.

글쎄 그게 무슨 야만의 행동이겠습니까. 그래서 나는 이런 연회에는 참례를 못 하겠다고 자리에서 일어나려니까 그들은 잘 못했다고 만류를 하기는 하나, 나는 너희들 같은 야만들과는 자리를 도저히 같이 할 수 없다고 종내 자리를 빠져나온 일이 있습니다.

그렇지 않아도 내 인제 지상에다 이런 이야기를 하려고 했는데, 마침 이 이야기를 할 기회를 얻은 것입니다. 그런 야만풍습은 하루바삐 청산하지 않아서는 안 될 것입니다.

그런데 내가 주례를 하기 전에 미리 그 결혼당자의 위인을 보고 주례를 하는 것이 되어서 그런지는 몰라도 내가 지금까지 하여온 3백여 쌍의 부부가 하나도 파탄이 없이 원만한 가정들을 이루고 있습니다. 그것이 여간 반가운 일이 아닙니다.

자기가 그 결혼에 주례를 하고 보면 그들에게 이상하게 애정이 가서 늘 그들을 돌보게 되고 멀리 떠나면 그들의 소식이 궁금도 하여지는 것입니다.

한데 얼마 전에 3백여 쌍의 가정에서 단 두 가정이 좀 재미롭지 못한 일이 생기었던 일이 있습니다. 재미롭지 못하다니까 혹 달리 해석할지 모르나 그런 것은 아니고 사상의 충돌에서 파탄이 생길 뻔한 걸 알고 내가 나서서 화해를 시킨 일이 있습니다. 지금은 그들도 아주 원만하지요. 그리고 아직까진 이혼한 사람도 한 사람 없고 그 흉한 결혼식장에서의 풍파도 나의 주례에 있어선 한 번도 없었습니다.

내가 주례한 그들 3백여 쌍의 부부가 이렇게들 원만하게 가정을 이루고 사니까 주례에 대한 무슨 이렇단 감상이 없습니다. 앞으로도 물론 조건만 좋은 결혼이면 주례를 하게 되겠지요. 지금도 평양이나 진남포 같은 그런 지방에서 주례를 청하는 친지가 많으나 갈 자유가 없어서 가지를 못합니다.

『조광』, 1939

여자의 이인異人

남자뿐 아니라 한 사람의 여자로 남모르는 중에 신기한 일을 했다는 이야기도 많이 있습니다. 세상에 드러난 사람보다 숨었던 사람이 큰일을 했다 함이 설화적으로 흥미 있다 한 것과 똑같은 이유로서, 남자보다도 여자로 그러한 인물이 있더라 함이 더 효과적임을 이야기 만든 이가 생각한 결과이겠지요.

임진란王辰亂의 민간 활동자 중에서도 유명한 창의사-倡義使[1] 김천일金千鎰이란 어른의 부인은 본래 뉘 댁 따님인지 모르는데, 시집오던 날로부터 아무것도 일하는 것이 없고, 날마다 낮잠으로 세월을 보내거늘, 그 시아버지가 하루는 경계하기를,

"네가 과연 얌전한 사람이로되, 다만 부도婦道를 모름이 흠절欠節 아니랄 수 없다. 대범 부인에게는 부인의 직책이 있어서 남의 집 며느리로 오면 살림살이를 잘 해야 하는 것이거늘, 여기

는 마음을 두지 않고 날마다 낮잠만 일삼으니 웬 일이니?"

며느리의 대답이,

"예, 치산治産을 하려한들 빈손으로 무엇을 어떻게 하겠습니까?"

시아버지가 그도 그리하리라 하고 곧 조곡粗穀 삼십포包와 노비 사四, 오구五口와 우牛 수척數隻을 내어주어 가로되,

"이것만 가지면 치산治産할 거리가 되겠느냐?"

대답하여 가로되,

"네, 그만하면 좋습니다."

하고, 이내 노비들을 불러 세우고 일러 가로되,

"이제부터는 너희들이 내게 매인 사람이니, 무슨 일이든지 죄다 나의 하라는 대로 하렷다. 너희가 이 곡식을 이 소에 실어 가지고 무주茂朱의 아무데 하협중河峽中2)으로 들어가서, 나무를 베어 집을 짓고 이 벼로써 농량農糧3)을 삼아 부지런히 농사를 지어서, 매년 추수의 소출所出을 실수實數대로 와서 고하고, 곡식은 작미作米4)를 하여 꼭꼭 쌓여 두되, 매년 이렇게 하렷다."

하여, 노예들이 명령을 받고 무주로 가서 살게 되었다.

그리한 뒤 수일에 남편에게 향하여 가로되,

"사나이가 수중에 돈이 없으면 백사가 불성인데, 어째서 이 생각을 아니하시오?"

김공金公이 가로되,

"내가 시하侍下[5] 인사人事로 의식을 죄다 부모께 의뢰하고 지내니 전곡錢穀을 어디 가서 판출辦出[6]한단 말이오?"

부인이 가로되,

"소문을 듣자하니, 동중洞中의 이모李某라는 사람이 집에 누만금을 쌓아 두고 천성이 노름을 즐긴다 하니 서방님이 그 집에 가서 천석 노적가리[7] 하나를 태고[8] 내기를 한 번 하면 어떠시오?"

공이 가로되,

"이 사람이 노름꾼으로 자래自來[9] 유명하고, 나는 솜씨가 보잘 것없으니, 어쩌자고 그런 마음을 먹는단 말이오?"

부인이 가로되,

"예, 어렵지 않습니다. 장기판을 가지고 오기만 하시오."

하여 마주앉아서 온갖 묘수를 낱낱이 일러 주니, 김공이 원채 잘난 사람이라, 반일 동안 대국對局하여 진법陳法을 환하게 다 깨친대, 부인이 가로되, "그만하면 넉넉히 이길 것이니 서방님이 삼국양승三局兩勝[10]으로 약조를 하시고 첫판은 짐짓 지고 둘째 판, 셋째 판은 간신히 이겨서 그 노적가리를 얻은 뒤에, 그 사람이 또 두자고 하거든 그 땔랑은 신묘한 모든 수를 내어서 다시는 더 두자고 할 생의를 못 내게 만드시오."

김공이 그 말을 그렇게 알아서, 이튿날 곧 그 사람의 집으로
가서 내기 장기를 두자고 한즉, 그 사람이 웃어 가로되,

　　"자네하고 나하고 한 동리에 살되 노름한다는 말을 듣지 못하
였거늘, 별안간 와서 내기를 두자 하니 모를 일일세, 그러나 저
러나 자네가 내 적수가 되지 못하니 대국할 것이 있나?"

　　김공이 가로되,

　　"두어 보아야 수를 알지, 미리 내델 것이 무엇인가?"
하여 여러 번 강청을 한즉, 그 사람이 가로되,

　　"정 그러하면 나는 평생에 내기가 아니면 장기를 두지 않으니
무엇을 태고 두려 하나?"

　　공이 가로되,

　　"자네의 집에 천 석짜리 노적가리가 서너 덩어리 되니 그것을
태고 두세."

　　그 사람이 가로되,

　　"나는 그리 하려니와 자네는 무엇을 태고?"

　　공이 가로되,

　　"나도 천석을 태지[8]."

　　그 사람이 가로되,

　　"자네가 시하 사람으로서 불소한 곡식을 어디서 판출한다는

말인가?"

공이 가로되,

"그야 승부를 판결한 연후에 할 말이지, 지기만 하면 어련히 내기 시행을 하겠나."

그 사람이 억지로 판을 벌이고 양승兩勝으로 작정을 하고서 첫 판에 김공이 거짓 지매, 그 사람이 웃어 가로되,

"그저 그렇지, 자네가 나에게 적수는 아니라 하지 않았나."

김공이 가로되,

"아직 두 판이 남았네. 또 두어 보세그려."

이 씨가 마음에 이상히 생각하면서 다시 대국하여 내리 두 판을 지니, 이 씨가 놀래 가로되,

"어, 야릇하고 야릇하고, 이럴 이치가 있나. 내기에 탠 곡식 천 석은 곧 내어 주려니와, 어디 한 판 더 두어 보세."

김공이 허락하고 다시 내기를 붙이고 대국을 할 새, 별별 기묘한 수를 다 내놓으매 이씨가 세궁역진勢窮力盡[13]하여 그만 꼼짝을 못하는지라, 김공이 웃고 일어서서 돌아와 부인에게 이런 말을 한대, 가로되,

"예, 그럴 줄 알았지요."

공이 가로되,

"그래 이만한 천량을 장만하였으니 무엇에다가 쓴다는 말이오?"

부인이 가로되,

"서방님의 친구 중에 빈궁해서 혼상婚喪을 치르지 못하고, 또 생활을 위해서 애쓰는 이들에게 적당히 나누어 주기도 하며, 원근과 귀천을 물론하고 기걸奇傑[14]하게 생긴 양반이 있거든 깊이 친교를 맺어 날마다 모시고 오면, 잡숫고 대접할 거리는 내가 다 마련해 놓으리다."

하므로, 김공이 그 말대로 실행하였다.

하루는 그 부인이 다시 시아버지께 청하여 가로되,

"제가 농사를 지어볼까 하오니, 울 밖의 오일경五日耕 밭을 저를 주시겠습니까?"

시아버지가 허락하니, 이에 밭을 갈고 온통 박(뒤웅박)을 심어서, 익은 뒤에는 쪼개서 바가지를 만들어 검게 옻칠을 하여, 해마다 이렇게 하여 오간고五間庫를 꽉 채우고, 또 대장장이를 시켜서 무쇠로 바가지를 만들어 고중庫中에 한데 두거늘, 사람들이 그 까닭을 알지 못하였다.

임진년壬辰年 난리가 나매, 부인이 김공에게 일러 가로되,

"제가 평일에 당신을 권하여 궁우빈족窮友貧族[15]을 널리 구조하고, 천하의 영웅 호걸지사豪傑之士를 사귀어 두라 하기는 이러한

때에 힘을 얻으려 하던 것이니, 당신은 그네들로 더불어 세상일을 하시오. 부모님의 피난하실 곳은 내가 이미 유념하여 무주지茂朱地에 집도 장만했고 곡식도 넉넉하니 서방님의 흐고지우後顧之憂[16]는 없을 만하오리다. 나는 여기 있어서 군량을 판비辦備[17]해 내서 이쪽 걱정은 없으시게 하겠습니다."

김공이 흔연欣然히 그 말을 좇아서 드디어 일꾼을 뽑으니, 원근에 있는 평일 신세진 이들이 모여들어서, 순일旬日[18] 동안에 정병 사, 오천을 얻고, 제각기 옻칠한 바가지를 차고 싸우다가, 회진回陣할 때에는 무쇠 뒤웅박을 중로中路에다가 내어버리고 가니, 적군이 크게 놀라 가로되,

"이 군중의 사람 사람이 다 이런 바가지를 차고 나는 듯하게 뛰어 다니니, 그 용기와 여력膂力을 알 것이로다."

하고, 서로서로 경계 신칙하여 구태여 그 앞에 나서려 하지 아니하고, 이 때문에 김공의 군사가 향하는 곳에 거치는 것이 없었다. 김공이 기이한 공을 많이 세우기는 대개 그 부인의 찬조한 힘에 말미암았다.

하는 이야기가 있습니다.

마치 로보트처럼 그 부인에게 눌려 지낸 것 같아서 김천일을

위해서는 좀 안 된 이야기입니다마는, 대개 규중閨中¹⁹⁾에서 바사기²⁰⁾ 대접받던 아내도 시세를 미리 알고 공사公私 양방으로 주밀周密한 준비를 하였었는데, 조정에서와 수염 있는 남자들은 어떠했느냐고 함을 풍자한 이야기로 보면 신랄하기가 뼈를 찌르는 느낌이 있습니다.

---

1) **창의사**倡義使 : 국난을 당하여 의병을 일으킨 사람에게 임시로 주던 벼슬.
2) **하협중**河峽 : 강 양쪽으로부터 벼랑이 바싹 닥쳐 좁고 길게 된 부분.
3) **농량**農糧 : 농사를 짓는 동안 먹을 양식.
4) **작미**作米 : 벼를 찧어 쌀을 만듦.
5) **시하**侍下 : 부모나 조부모를 모시고 있는 사람.
6) **판출**辦出 : 어떤 일을 위하여 돈이나 물건을 변통하여 마련하여 냄.
7) **노적가리** : 한데에 쌓아 둔 곡식 더미.
8) **태고, 태지** : 걸고, 걸지.
9) **자래**自來 : 옛날부터.
10) **삼국양승**三局兩勝 : 세 판을 두어 두 번을 이김.
11) **세궁역진**勢窮力盡 : 기세가 꺾이고 힘이 다 빠져 꼼짝할 수 없게 됨.
12) **기걸**奇傑 : 모습이나 행동이 기이한 호걸.
13) **궁우빈족**窮友貧族 : 가난한 친구와 친척.
14) **후고지우**後顧之憂 : 지난 일을 못 잊어 뒤돌아보게 하는 근심.
15) **판비**辦備 : 마련하여 준비함.
16) **순일**旬日 : 10일.
17) **규중**閨中 : 부녀자가 거처하는 곳.
18) **바사기** : 아는 것이 없고 똑똑하지 못한 사람.

부부夫婦

하필 들어와 앉는다는 것이 그 밑이었다. 무엇이 장하다고 한 다리를 찢어져라 공중으로 들고 선 묘령의 단발양. 서커스단의 광고 포스터 치고는 그리 추잡한 것은 아니로되, 앉아서 올려 다보니 맹랑하다.

"여보, 이거 치어 줘요."

마담에게 시선을 보내며 한 손으로 포스터를 가리켰다. 눈치 빠른 종업원은 마담의 지시도 있기 전에 달려와 정호의 머리 윗 벽에 붙은 포스터를 뗀다.

"고히!"

그러나 고히보다 시보리가 먼저 온다.

"시보리 안 써."

"안 쓰세요?"

"안 써."

그리고 담배를 꺼내 왼손 엄지손가락의 손톱 위에 끝을 박으며,

"성냥!"

그러나 그적엔, 커피가 왔다.

성이 가시는 듯이,

"어이, 성냥 가져와요."

다시 크게 소리를 질러놓고 보니. 성냥갑은 이미 탁자 위에 놓여 있는 것이 있다. 멋쩍게 집어 들어 담배를 붙이고 나니 계집은 성냥을 또 가져온다. 할 말이 없다. 말없이 정호는 찻잔을 들었다.

열한시가 넘은 다방 안은 한산하기 짝이 없다. 건너 쪽 야자수 그늘아래 마주앉았던 한 쌍의 젊은 남녀가 가즈런히 떠나나가니 정호에게는 들리지도 않는 '아베 마리아'곡이 쓸데없이 떠들고 있다.

담배 한 개 필 동안만 기다리라던 한 군은 곱잡아[1] 붙인 담배가 반이 넘어 타서도 오지 않는다.

필시, 술이 또 과해진 모양이다. 그러나 그것은 그쪽의 사정이요, 정호로서는 이 위약이 여간 불쾌한 것이 아니다. 시가 바쁜 취직의 결과 여부가 알고 싶은 것은 말할 것도 없거니와 열시에는 꼭 들어와야 된다는 아내의 다짐을 받은 그 약속한 시간이

이미 지난 지 오래였으매 들어가면 또, 귀찮게 빠악빡 바가지를 긁혀야 할 것이 적지 아니 근심인데 한 군을 만나지도 못하고 들어간다면 그적엔 또 거짓말을 꾸며대어야 할 것이 한심한 것이다. 거짓말이야 얼마든지 하면 못 하련만 너무도 해놓아서 인제는 실상 곧이들을 말을 좀체 생각해 내기가 어렵다.

생각하면 참 우습기도 하고 기도 막혔다. 외출에서 늦게만 돌아오면 아무리 바른 말을 해야 곧이는 듣지 않고 그저 어느 계집을 보러갔던 줄만 믿고 하루같이 앙탈이다.

그러니, 실상 계집은 보러 아니 갔던 때도 기생이라든가 하다 못해 카페 여급이라도 데리고 술을 먹었대야 왜 그랬느냐고 앙탈은 부리면서도 그래도 남편의 정체를 바로 캐어낸 것이 개운한 듯이, 그리고 속지를 않은 것 같아 좀 마음을 풀지, 이건, 사실은 친구와 술잔을 나누다 어찌어찌 늦어져서 밤늦게 들어가도 그대로 고백을 하면 자꾸 바로 대라고 오금을 못 쓰게 무릎을 꼬집고 따지고 야단이니 그의 마음을 시원하게 풀어주자면 거짓말을 아니 하게 되는 수가 없다.

그러나 거짓말도 한정이 있지 밤낮 계집만을 보러 다녔달 수도 없고, 또 밤낮 같은 계집만을 보았다면 곧이들을 수도 없는 것이다. 그래서 요즘은 실상 거짓말의 준비에도 궁핍한 참이다.

그래도 한 군을 만나 보고나 들어가면 취직 여부는 아직 모른다 하더라도 어쨌든 거짓말을 꾸며대는 데는 다소 참고가 될 것도 같은데 한 군은 이렇게도 위약을 한다.

좀 더 기다리면 오려나? 담배를 다시 한 개 들어내어 태우자니 종내 열두 시를 치고 만다. 다방은 그만 철폐다.

정호는 이제부터 본격적으로 거짓말의 준비에 머리를 써야 할 경우에 다다른다. 오늘 저녁은 어떤 계집과 또 무엇을 어떻게 놀았다고 꾸며대야 되노? 옹색한 생각에 머리를 쥐어짜며 다방을 나왔다.

기어코 아내는 뾰로통 얼굴을 찌푸렸다. 문을 열고 들어서는 데도 눈 한 번 거들떠보는 법 없이 옷가지 위에 떨어친 눈을 그대로 숨쳐가는 바늘 끝에만 주고 앉았는 품은 묻지 않아도 알 일이었다.

지극히 섭섭한 일이다. 오늘 밤의 외출은 취직 건으로서의 그것이었으니 여보 어떻게 되었소 하고, 혹은, 반가이 맞아 줄지도 모르리라던 생각은 쓸 데도 없는 자위에 틀림없었다.

이러한 아내에게 먼저 말을 걸기도 자존심이 허치 않는다. 언제나 이러한 경우이면 취하는 버릇 그대로 암말도 없이 넥타이를 끄르고 아랫목에 털썩 주저앉아 벽을 졌다.

"몇 시나 됐수?"

말 잰 말이다.

손목에 얹힌 시계가 죽었을 이치 없건만 구태여 자기에게 묻는 말은 지금이 몇 시인데 인제야 들어오느냐는 투정이 아닐 수 없다.

"눈으로 못 보우?"

오는 말이 곱지 않으니 가는 말이 고울 리 없다.

"오늘은 술도 안 잡수셨구려."

"찻집에서두 술 먹나?"

"여덟 시에 들어간 손님을 열두 시가 넘도록 앉혀두는 찻집은 있구요?"

비로소 바늘을 멈추고 고개를 돌리긴 하였으나 으드등 찌푸린 낯은 여전히 화기를 주려잡고 펴지 않는다.

"글쎄 당신은 왜, 말을 늘, 글 비꼬아만 하군 하우?"

"제가 비꼬아서 하구 싶어 하우? 당신이 하게 만드니까 하는 게죠."

"허 참!"

"허 참이 아니라 그렇지 뭐예요?"

"허!"

"글쎄 암만 허, 하구 얼굴을 나려쓸어두 전 못 속여요."

"속이긴 또 머!"

"그럼 그래 여덟 시에 들어가 여지껏 찻집에만 앉았다 오셨수?"

길꿋 눈을 남편의 얼굴에다 쏜다.

"뉘가 여지껏 찻집에 있다 왔대나?"

"그럼 당신이 찻집에서 한 선생과 만나자고 했다고 그리고 나가시지 않었수?"

"그래 찻집에서 만나자고 해서 나갔는데 무엇이 어쨌단 말요?"

"아니 그럼 여지껏 찻집에만 있다 왔단 말에요? 그래?"

"제발 좀 그러지 말아요. 왜 그리 사람을 믿지를 못하우? 내 속 시원히 다녀들어온 경과를 곧이곧대루 보고 하리다. 여덟 시에 '전원'으로 가서 한 군을 만나기는 했으나 아직 사장을 못 만나 보았다고 하기에 그러면 이제라두 알아보라고 ○○회사로 보내고 '샹크레르'에서 열한 시에 또 만나자구 약속을 하구는 본정으루 가서 책전엘 좀 돌아다니다가 다시 약속한 대루 '샹크레르' 루 와서 기다렸으나 한 군이 오지를 않어서 여지껏 기다리다 돌아오는 길인데 무엇이 그리 의심스럽소?"

"귀에 잘 들어가지 않는다는데요?"

기어이 또 오늘도 거짓말을 듣고야 말려는 심사인가 보다.

정호는 금시 걸어지는 침이 입안에 쓰디씀을 느끼고 입맛을 다시었다.

"왜, 대답을 못 하우? 인제는 거짓말을 못 꾸며대겠수? 아마 취직이라는 건 외출을 하기 위한 구실인가 봐? 언제부터 한 군 한 군 하고 된다는 취직이 이게 벌써 한 달이 넘었음 넘었지 한 달에 하루래두 모자라지는 않았을 걸요? 그래 바루 못 대요? 갔던 곳을……."

휙 돌아앉으며 일감을 뒤로 던진다. 바로 대지 않으면 어디까지든지 해보겠다는 어투요, 태도다.

그러나 이미 말한 것이 거짓 없는 고백이다. 물끄러미 정호는 아내의 얼굴을 마주 바라보며 대답할 말에 지극히 빈곤함을 느낀다.

"왜, 거짓말을 또 못 꾸며대구 앉었수? 그래 대답하기두 거북한 걸 계집질은 왜 해요? 허길! 내 속 태워주구, 가정을 불화케 만들구……."

"뭐이?"

정호의 감정은 순간 아무것도 모를 만치 흥분에 젖어든다.

"그럼 계집질을 당신이 안 하구 왔단 말요? 그러면 자정이 넘두룩 글쎄 찻집에만 그냥 있었다는 거야 말이 되야죠."

"아, 뭣이?"

정호는 저도 모르게 물팍을 한 걸음 아내의 곁으로 미끄러쳐 놓는다.

"제가 그렇게 싫수? 네? 이건 묻는 내가 잘못이지. 싫기에 계집을 볼 게 아닌가? 저는 그렇게두 당신 곁을 떨어지고 싶지가 않은데, 당신은 참 제 속을 이렇게두 몰라준단 말이우. 정이란 하나만인 것두 당신은 아지요? 둘은 아니구. 그런데두 저를 몰라주는 걸 보면 당신의 정이 가정에서 멀어져 가는 것은 뭐 빤한 일이죠, 빤한 일이에요."

기가 막히는 소리였다. 이렇게도 아내는 자기의 속을 몰라준다! 어떻게도 자기는 아내를 사랑하는 것인고? 그 기막힌 사정의 마음을 순간 정호는 아내에게 말끔히 털어 보일 수 없는 것이 말할 수 없이 안타까웠다.

이러한 자기의 속을 아내는 왜 이리도 모르고 의심만 하는 것일까. 그 의심만 푼다면 원만한 사랑 속에 아주 행복한 가정이 이루어질 것 같은데……? 하니 그 순간 정호는 아내의 그 의심을 어서 바삐 풀어 사랑하고 싶은 마음의 정이 마음껏 자기에게로 건너오므로 또한 그것을 마음껏 받아들여서 정이 서로 얼크러져 보고 싶은 충동이 불일 듯하였다.

그래서 아내의 마음도 한시바삐 풀어 주므로 살뜰히 오는 정을 사고 싶었다. 그러니, 아내는 얼마나 자기를 사랑하고 싶은 마음에 그렇게까지 자기를 의심하는 걸까 하는 생각이 도리어 들어 무릎팍을 내어밀 때 쥐어졌던 주먹과 성은 슬프디 슬픈 정으로 돌려 풀리고 만다.

"제가 당신을 사랑하는 것처럼 당신은 저를 사랑하지는 못하죠? 사내로 생겨서 전혀 외입을 안 하리라구는 저도 믿지는 않어요. 그러나 그것을 속이는 건 아내에게 사랑이 없다는 증거거든요. 아내에게 남편으로서야 못 할 말이 세상에 무에 있겠어요? 글쎄."

"참 할 수 없군. 당신은 한 번 두 속일 수가 없으니 원 참!"

아내의 그 자기를 살뜰히 사랑하는 것 같은 정에 사로잡힌 정호는 한시바삐 거짓말이라도 해서 그 아파하는 마음을 어서 풀어 주고 싶은 충동에 못 이긴다.

"글쎄 난 못 속여요. 남편한테 속구 살게스리 그렇게 천치는 아니거든요."

비로소 남편의 입에서 바른 말이(실상은 거짓말) 나오게 만들었다는 장함과 또 남편의 속을 알게 되는 것들의 반가움이 이야기도 듣기 전에 벌써 그의 낯에 찡그렸던 주름살을 어느 정도까지 펴 놓기에 족하였다.

"아까 그적에 말이야 '샹크레르'를 갔더니 기다리는 한 군은 오지 않구 왜 지금 내가 말 있는 ○○회사에 타이피스트가 있지? 그 여자가 엉뚱 강산에 들어오거든. 그래, 심심두 하던 차에 둘이 앉아서 이야기를 하다가 실인즉 그 여자와 같이 진고개루 갔던 게야, 자, 이제 실토를 했으니 심사가 편안하우?"

하기 싫은 거짓말이었으나 이 순간 빙그레 웃는 아내의 얼굴을 바라볼 수 있을 때 그것은 결코 슬픈 일만이 아님을 그 순간 인식했다.

"그것 보아요 글쎄 저는 못 속인다니께. 인제 그 여급은 어떻게 또 돌려따구 타이피스트에게로 돌라붙었수? 취직을 한다구 거기 다니드니 계집을 끌러 다녔구려, 참, 그런 수는 용하시지. 내, 또, 고년이 심상 치두 않다구 늘 생각은 해 왔지. 그래 취직은 거짓말이지요? 내 그 취직 인제 곧이는 안 들을 걸. 여보! 취직보다 계집에 더 마음이 있으니 어떡헐 테요? 글쎄. 집안은 오가리처럼 자꾸 오그라만 들구, 아이 참 지긋지긋한 취직이야. 그래 본정 가선 뭘 했에요? 당신 성질에 그저 돌아다니기만은 안 했겠죠?"

"그저 찻집 순례지 하긴 뭘 해."

"건 또 거짓말이에요. 왜, 찻집에만 들어가 있었을라구요? 계집을 다리구 간 차비에……."

그러나 아무리 거짓말을 꾸며댄다 하더라도, 또, 아내의 마음을 풀기 위한 것이라 하더라도, 아내가 시원하게 듣고자 하기까지의 그 관계라는 것이 있었다고는 아무리 거짓말이라도 차마 하는 수가 없었다.

"인제 더 그런 말을 물으면 나는 불쾌해하겠소. 그만 잡시다. 자리깔우?"

그러나 아내는 그것까지 들어야 개운하겠다는 그러한 표정이 아직 완전히 풀리는 것은 아니었으나 그래도 어느 정도까지 휘여드는 마음은 그런 이야기만으로서도 커다란 효과가 있었음을 알 수 있다.

"오늘 밤은 사랑하는 계집과 같이 산보를 했으니께 아주 단잠을 주무시겠지."

빈정을 거리면서도 깔라는 대로 자리는 깐다. 비로소 정호는 한숨을 쉬었다.

이튿날도 저녁때에야 한 군은 소식을 전한다. 그러나 보람 있는 소식이다. 늦었어도 반갑다.

어제 저녁은 실례했네. 술이 그랬네그려. 전화로래도 못 간다는 말을 알리고 싶었으나, 원, 선술집에 전화가 있어야 말이지. 그러나 반가운 소식을 이제 전하니 엊저녁의 노염은 풀리고도 남음이 있을 줄 아네. 되었네 되었어, 취직이 되었단 말일세. 내 어제 저녁 바루 그 길로 사장을 만나보고 따졌던 것일세. 이제 회사에 일이 정리되는 대로 정식 통첩이 군께로 날아들겔세. 멀 어도 아마 사흘 후이면 될 것이라 아네. 일 없이 바뻐 용달을 시키고 못 가네. 나 지금 또 술 먹으러 가는 길이야.

아니 반가울 수 없었다. 실직한 지가 일 년, 실로 군색함이 이를 데 없었다. 빚을 내라 빚쟁이한테 모욕을 당하고 반찬값을 내라 아내한테 쪼들림을 받고.

"여보! 이것 좀 와 보우."

메신저가 문 밖에 나서기가 바쁘게 정호는 아내를 불렀다.

아내로 더불어 아니 같이 반가워할 수 없는 성질의 편지인 것이다.

그러나 아내는 그것이 벌써 무엇인지를 다 아는 듯이,

"뉘게서 온 거에요?"

할 뿐, 그 편지를 보기에 흥미조차 느끼지 않는다.

"한 군, 한 군이 했어."

같이 반가워할 것을 믿고 알리나,

"네에."

마지못해 편지를 당기어 보는 체, 보고 나서도 반가워하는 빛은 없다. 흡사 무슨 일을 저지른 때의 그것과 같은 태도다.

"한 군 참, 이번에 수고해서."

"그래두 취직이 될 때가 있긴 있군요."

하는, 소리도 힘이 없다.

까닭 모를 일이었다. 아내도 어떻게나 기다리던 그런 취직이었다. 결코 반갑지 않을 이치 없는데 아내의 태도는 그렇지 않다. 낮에 옷감을 끊으러 화신엔가를 다녀온다고 할 때부터 어째 낮에 화기가 없어 보이는 것 같더니 필시 무슨 불쾌한 일이 그 사이에 있었던 것이 아닌가? 그래서 그것이 아직 풀리지 않은 탓인가.

"아까 사온 저고리 감 거 얼마라죠?"

게서 무슨 단서를 잡아볼까 물었다.

"삼 원 오십 전에요. 그래두 썩 좋지는 못한가 봐요."

"요즘 화신엔 사람 많죠?"

"많다니! 웬 옷감들을 그리 끊어 내겠어요."

"거리는 인제 덥죠?"

"아니 참 아까운 봄이 인젠 다 가세요."

그러니, 원인을 알 수가 있나.

"인젠 아침밥 때문에 당신 새벽잠 다 잤소."

말을 돌려 물었다.

"새벽밥 짓게 된 걸 잠에다 비하겠어요?"

어딘지 그 말 속에는 어감에 부자연한 맛이 깃들인 듯하다.

"그래두 그 고소한 아침잠 못 자게 될 게 난 근심인데."

"늦잠 못 자기야 저나 당신이나 매일반 아니겠어요."

가까스로 물어보나 경위를 알 수 없다.

그러나 그 부자연한 맛은 여전히 어딘지 모르게 감출 수 없이 드러나 진심으로의 반가워하는 기색이 없는 것만은 의심할 여지가 없었다.

알 수 없는 채 그것은 며칠이 지난다.

사흘이 지나도 회사에선 기별이 없다. 오늘이나 있으려나 해도 내일을 바라보게 만들었다. 그러면 내일이나? 그래도 아닌 것을 한 주일을 기다려서도 소식은 있는 것이 아니다.

오늘도 아침 체부를 눈이 빠지도록 기다려 보았으나 문 앞을 그저 지나가고 만다. 필경 까닭이 있는 일이다.

정호는 더 기다리고 있을 수 없었다. 한 군을 찾아 집을 나섰다.

그러나 급기야 한 군을 만났을 때의 정호는 뜻도 않았던 사실에 놀라고 도리어 한 군을 만나지 않았던 것만 못한 무안에 머리를 못 들었다.

"아, 자네 사람을 망신을 시켜도 분수가 있지 그게 대체 뭐란 말야?"

만나기가 바쁘게 눈이 둥글해서 마주 서는 한 군의 태도에는 적이 심상치 않은 데가 있었다. 그러나 까닭을 모르는 정호라 멍하니 마주 바라보고 서 있을 밖에.

"응? 아니 그게 대체 어찌된 일야? 글쎄 일이……?"

다시 재처 묻는 것이었으나 정호로선 그것이 무엇을 두고 하는 말인지 해독할 수가 없었다.

"무엇이 어쨌다고 야단이야? 좌우간 내용을 말하고 봐야지 무두무미²⁾로 원 알 수가 있나?"

"말 다 해야 알겠나? 자네 취직 껀 말이네 취직 껀."

"아니 참, 그게 어찌된 일인구? 곧 기별이 있으리라더니……."

"기별! 하하 이 사람 참, 일이 어떻게 되었다구 기별이 가겠나? 다 된 죽에다가 코를 떨어났으니……."

"뭐!"

"아, 그 회사에 타이피스트를 보구 남의 서방을 빼앗느니 어쩌느니 하고 자네 부인이 찾아와서 욕을 하고 일대 전쟁이 벌어지는 판에 사장 나리까지 그 광경을 목도했다는데?"

"웅?"

놀라운 소리였다. 듣고 보니 짚이는 데가 있다. 아내가 한 군의 편지를 보고도 반가워하는 표정이 없이 꼭 무슨 일을 저지른 사람 같더니 하는 생각이 선뜻 가슴에 집히는 것이다. 그리고 생각하니 옷감을 끊으러 나갔던 것은 결국 핑계였고 목적은 타이피스트를 만나러 그 회사를 찾아갔던 것이었음을 이제 짐작할 수 있었다. 정호는 입맛이 썼다. 그날 저녁 창졸간 거짓말을 꾸며댈 것이 없어 생각나는 대로 그만 그 타이피스트를 끄집어다 거들었더니 이것을 아내는 곧이듣고 이렇게도 일을 저질러 놓았음에 틀림없었다.

"사실인가 그게?"

창피한 물음인 줄은 모름이 아니었으나, 너무도 의외라 한번 따지어 아니 물어볼 수가 없었던 것이다.

"사실이라니! 이 사람! 말을 좀 듣게나 글쎄. 그러니 사장이야 자네와 타이피스트와 그 어떤 관계가 있는 줄로 알지 않을 겐가? 그러니 지금 사장과 그 타이피스트와 어떠한 사이라구 그 취직이 되겠나. 아, 어제 그 회사 앞을 지나다가 자네도 이즘은 출근을 할 것 같고 해서 들렀더니 제에길할 사장한테 욕만 실컷 얻어먹었네. 그게 무슨 짓이겠나 글쎄!"

이까지 이야기하는데 정호는 뭐라고 입을 벌릴 말이 없었다.

"어쨌든 자네 연애 사냥은 참 용하데. 몇 번 만나지도 않은 그 계집을 또 언제 그렇게 후렸던 겐가? 관계가 아주 단단했기에 자네 부인두 그렇게 분을 참지 못했겠지."

오직 부끄러울 따름이다. 아무리 허물없는 벗의 앞이라 하여도 그 수치스러운 마음은 정면으로 얼굴을 들고 마주 대할 수가 없었다.

"아내가 본래 몸이 허약한 데다 그동안 앓고 나서 정신이 좀 이상한 듯하더니…… 그러나 마뜩해 그런 짓이야……."

그렇다고, 그러니, 아내에게 그런 책임을 돌리긴 창피한 일이요, 모른다니 말이 안 되어 이렇게 꾸며는 대었으나, 이러한 말이 그의 귀에 곧이 들어가 맞길 바랄 수는 없다.

그러니 그러한 아내로서의 남편인 자기의 꼴이 그의 인상에서 좀체 사라지진 않을 게라고 보여 속으론 자기의 얼굴을 빤히 들여다보며 입을 비죽 하고 비웃는 것도 같다.

하지만 이미 일은 저질러져서 그러한 치소[3]를 아니 받게는 되지 못하였다.

말없는 한숨을 정호는 속으로 삼키고 수치감의 흥분에 저도 모르게 옆에 찔렀던 손이 부르르 하고 호주머니 속에서 그대로 떨림을 깨달았다.

그러나 집으로 돌아왔을 때의 정호의 손은 아무 작용도 하기를 잊은 힘없는 손이었다.

"아이 지금 돌아오세요? 오늘은 날이 짐작 더운데! 아이 저 이마에 땀 보셔!"

마주 달려 나와 모자를 받고 웃옷을 받을 때 일찍이 돌아오면 이렇게도 반가이 맞는 아내가? 하는 생각이 몰리었던 그의 손에 힘을 하나도 남기지 않고 온통 빼앗았던 것이다.

"으흐응!"

다만 괴로운 마음으로 이렇게 한숨과 같이 갚았을 뿐, 등덜미의 땀을 씻어 주는 대로 아내에게 몸을 맡기고 있었다.

『문장』, 1939

---

1) **곱잡아** : 곱절로 셈하여 헤아려.
2) **무두무미** : 밑도 끝도 없음.
3) **치소** : 빈정거리며 웃음.

나혜석

젊은 부부

　서울역 대합실이다. 벤치에 앉아서 약 30분 후에 도착할 열차를 기다리고 있었다.

　무릎이 동그랗게 나오고, 비비꼬인 양복에 떨어지다가 만 레인코트를 입고, 두어 조각 긴 구두, 때가 반질반질 묻은 모자를 쓴 매우 신경질적인 신사 한 분이 굵은 스틱을 질질 끌며 대합실로 들어서자, 그 뒤에는 인조 옥색 치마에 인조 분홍 저고리를 입고, 서투른 말뚱 머리를 한 아낙네가 바스켓을 가지고 걸어 들어온다.

　두 사람은 실내를 휘휘 둘러보더니 마침 비어 있는 내 옆에 앉는다. 아무리 뜯어보아도 시골 보통학교 을종훈도乙種訓導[1]가 박혀 있는 것 같다.

　또 부인을 보아서는 보통학교 2, 3학년에 중퇴하였거나 그렇지 아니면 야학쯤 다니던 여자로 신혼여행쯤이 아닌가 생각되었다.

"여보, 이를 어쩐단 말이요?"

"아니, 왜요?"

"이, 저, 거시기…… 전차를 가 보아겠군."

남자는 허둥지둥 눈이 둥그레서 밖으로 나가련다. 여자는 남편의 옷깃을 붙잡으며 놀란 얼굴로,

"왜요? 무엇이 없어요?"

"아니, 이를 어쩐단 말이요? 지금 오다가 산 것을 잊었구려."

앞뒤를 살피고 양복저고리 포켓 좌우에 손을 넣었다 꺼냈다 한다.

"여보시오, 글쎄 무엇 말이오? 지금 산 것이면 그럼 반지 말이오?"

"응, 응, 그래 그래."

"저건 무어야?"

여인이 의아해서 손가락으로 남편의 왼편 손가락을 가리킨다.

"응? 아! 이런 정신, 전차에 떨어뜨린 줄 알았지."

남자는 수건을 꺼내 이마의 땀을 씻으며 나를 흘낏 보고 무참해서[2] 아무 말 없이 털썩 앉는다. 여인은 허리가 부러지게 웃는다.

"아이고, 왜 그러서요? 나는 깜짝 놀랐지. 일전에도 그러시더니."

"정신이 없어 그래."

내가 있으니, 두 사람은 어물어물하고 잠깐 묵묵하였다. 여인은 다시,

"자동차 타고 들어가시려면 추워 어떻게 하나?"

"아니, 나는 관계치 않지만 당신이 춥지 아니할까?"

"아니오, 저는 관계치 아니해요."

촌 여인으로서는 어울리지 않을 만치 애교를 부린다. 때마침 고학생이 신문을 팔아달라고 가지고 온다. 남자는 두 장을 사 가지고 한 장씩 들고 본다.

나는 옆에서 보다가 속으로, '퍽도 사이좋은 젊은 부부다' 하였다.

이 모든 세상, 많은 사람 중에 하필 그 남자, 그 여자가 만나 서로 사랑하고, 아끼고 일러주는 것, 얼마나 아름답고 좋은 것인가. 과연 일남일녀一男一女가 서로 사랑한다는 것처럼 굿 앤 파인(좋고 멋진)한 것은 없는 것 같다.

그들은 끊임없이 속삭이며 비밀이 없고, 울 때 같이 울며 웃을 때 같이 웃고, 어려운 때 서로 도우며, 괴로워하는 것을 보면 내 몸과 같이 아파하며, 그의 말은 은연중 다 듣게 되고 그가 없으면 성사하기 어려우며, 그는 모든 일에 비서역이요, 그는 모

든 일에 참고서이다.

이 얼마나 아름답고 귀한 것이랴. 간간이 말다툼쯤 하면 어떠하랴. 그것이 여러 번 쌓인 것 중에 싹이 나면 아름답고 귀한 것이 된다.

부부생활에 세 시기를 지내야만 참 아름답고 귀한 것이 된다.

1. 서로 연애할 때는 양성간兩性間 본능적으로 미혹迷惑[3]하게 되어 열熱과 정情도 있거니와 모든 것이 좋고 아름답게만 보인다. 결혼 당시로 약 1년 반 동안.

2. 한 가정 내 한 방구석에서 2년쯤 서로 지내면 차차 결점을 알게 된다. 즉 권태증이 생기기 시작된다. 그리하여 미보다도 추, 선보다도 악, 장처長處[4]보다도 단처短處[5]가 보이게 된다. 그러므로 동서양을 물론하고 이혼 통계를 보면 결혼 후 2년, 혹 3년 된 때가 제일 많다. 그 고비만 넘기면 다시 의식적으로 무엇을 찾아낼 수가 있는 것이다.

3. 결혼 후 2, 3년을 지내고 보면 양인 간에 자녀가 생겨 부득이 떠날 수 없게 되거니와, 사람도 많이 겪어 보고 하면 세상에는 별 사람이 없다. 그리고 양 개성을 가진 자가 만나니 맞을 리가 없다. 서로 양보하여 맞추는 수밖에 없는 것이다. 이에서 그들은 이미 서로 장처 단처를 아는지라 총명한 자는 여기서

상대방의 단처를 버리고 장처를 보장補長하기에 힘쓸 것이다. 타성 타인他性他人이 만나 이만치 서로 이해하고 사랑하그, 아끼게 되면 이에 더 행복한 자 어디 있으며, 이에 더 아름답고 귀한 일이 또한 어디 있으랴.

그러므로 우리는 배우고 체험하고 사량思量⁶⁾하여 이 아름다운 생활을 해 볼 생각이 없는지.

『대조』, 1930

---

1) **을종훈도**乙種訓導 : 2급 초등학교 교사.
2) **무참해서** : 매우 부끄러워서.
3) **미혹**迷惑 : 무엇에 홀려서 정신을 차리지 못함.
4) **장처**長處 : 장점.
5) **단처**短處 : 단점.
6) **사량**思量 : 생각하여 헤아림.

안해

우리 마누라는 누가 보든지 뭐 이쁘다고는 안 할 것이다. 바로 계집에 환장된 놈이 있다면 모르거니와, 나도 일상 같이 지내긴 하나 아무리 잘 고쳐보아도 요만치도 이쁘지 않다. 하지만 계집이 낯짝이 이뻐 맛이냐. 제기할 황소 같은 아들만 줄 대[1] 잘 빠쳐놓으면 고만이지.

사실 우리 같은 놈은 늙어서 자식까지 없다면 꼭 굶어 죽을 밖에 별도리 없다. 가진 땅 없어, 몸 못써 일 못하여, 이걸 누가 열쳤다고 그냥 먹여줄 테냐. 하니까 내 말이 이왕 젊어서 되는 대로 자꾸 자식이나 쌓아두자 하는 것이지.

그리고 에미가 낯짝 글렀다고 그 자식까지 더러운 법은 없으렷다. 아 바로 우리 똘똘이를 보아도 알겠지만 즈 에미년은 쥐었다 놓은 개떡 같아도 좀 똑똑하고 깨끗이 생겼느냐. 비록 먹고도 대구 또 달라고 불아귀[2]처럼 덤비기는 할망정. 참 이놈이야말로 나에게는 아버지보담도 할아버지보담도 아주 말할 수 없이 끔찍한 보물이다.

년이 나에게 되지 않은 큰 체를 하게 된 것도 결국 이 자식을 낳았기 때문이다. 전에야 그 상판대길 가지고 어딜 끽소리나 제법 했으랴. 흔히 말하길 계집의 얼굴이란 눈이 안경이라 한다. 마는 제 아무리 물커진 눈깔이라도 이 얼굴만은 어째볼 도리 없을 게다.

이마가 홀떡 까지고 양미간이 멀면 소견이 탁 틔었다지 않냐. 그럼 좋기는 하다마는 아기자기한 맛이 없고 이 조로 둥글넓적이 내려온 하관에 멋없이 쑥 내민 것이 입이다. 두툼은 하나 건 순입술[3], 말 좀 하려면 그리 정하지 못한 윗니가 분질 없이 뻔질 드러난다. 설혹 그렇다 치고 한복판에 달린 코나 좀 똑똑히 생겼다면 얼마 낫겠다. 첫째 눈에 띄는 것이 그 코인데, 이렇게 말하면 년의 숭을 보는 것 같지만, 썩 잘 보자 해도 던 산 바라보는 도야지의 코가 자꾸만 생각이 난다.

꼴이 이러니까 밤이면 내 눈치만 스을슬 살피는 것이 아니냐. 오늘은 구박이나 안 할까, 하고 은근히 애를 태우는 맥이렷다. 이게 가여워서 피곤한 몸을 무릅쓰고 대개 내가 먼저 말을 걸게 된다. 온종일 뭘 했느냐는 등, 싸리문을 좀 고쳐놓으라 했더니 어떻게 했느냐는 둥, 혹은 오늘 밤에는 웬일인지 코가 훨씬 좋아 보인다는 둥, 하고.

그러면 년이 금세 헤에 벌어지고 힝하게 내 곁에 와 앉아서는 어깨를 비겨대고 슬근슬근 비빈다. 그리고 코가 좋아 보인다니 정말 그러냐고 몸이 달아서 묻고 또 묻고 한다. 저로도 믿지 못할 그 사실을 한때의 위안이나마 또 한 번 들어보자는 심정이렷다.

그 속을 알고 짜정 콧날이 서나 보다고 하면 년의 대답이 뒷간엘 갈 적마다 잡아당기고 했더니 혹 나왔을지 모른다나, 그리고 아주 좋아한다.

그러나 어느 때에는 한나절 밭고랑에서 시달린 몸이 고만 축 늘어지는구나. 물론 말 한마디 붙일 새 없이 방바닥에 그대로 누워버리지. 허면 년이 제 얼굴 때문에 그런 줄 알고 한구석에 가 시무룩해서 앉았다. 얼굴을 모로 돌려 턱을 삐쭉 쳐들고 있는 걸 보면 필연 제간엔 옆얼굴이나 한번 봐 달라는 속이겠지. 경칠 년. 옆얼굴이라고 뭐 깨묵셍이나 좀 난 줄 알구.

이러던 년이 똘똘이를 내놓고는 갑자기 세도가 댕댕해졌다. 내가 들어가도 네놈 언제 봤냔 듯이 좀체 들떠보는 법 없지. 눈을 스르르 내려 깔고는 잠자코 아이에게 젖만 먹이겠다. 내가

좀 아이의 머리라도 쓰다듬으며,

"이 자식, 밤낮 잠만 자나?"

"가만둬, 왜 깨놓고 싶은 감."

하고 사정없이 내 손등을 주먹으로 갈긴다.

나는 처음에 어떻게 되는 셈인지 몰라서 멀거니 천정만 한참 쳐다보았다. 내 자식 내가 만지는데 주먹으로 때리는 건 무슨 경우야. 허지만 잘 따져보니까 조금도 내가 억울할 것은 없다. 년이 나에게 큰 체를 해야 될 권리가 있는 것을 차차 알았다. 그래서 그때부터 내가 이년, 하면 저는 이놈, 하고 대들기로 무언중 계약되었지.

동리에서는 남의 속은 모르고 우리를 각다귀[4]들이라고 별명을 지었다. 혹하면 서루 대들려고 노리고만 있으니까 말이지. 하긴 요즘에 하루라도 조용한 날이 있을까 봐서 만나기만 하면 이놈, 저년, 하고 먼저 대들기로 위주다.

다른 사람들은 밤에 만나면

"마누라 밥 먹었수?"

"아니요, 당신 오면 같이 먹을랴구."

하고 일어나 반색을 하겠지만 우리는 안 그러다. 누가 그렇게 꽹이 소리로 달라붙느냐. 방에 떡 들어서는 길로 우선 넓적한 년의 궁둥이를 발길로 퍽 들이지른다.

"이년아! 일어나서 밥 차려."

"이눔이 왜 이래, 대릴 꺾어놀라."

하고 년이 고개를 겨우 돌리면,

"나무 판 돈 뭐 했어, 또 술 처먹었지?"

이렇게 제법 탕탕 호령하였다. 사실이지 우리는 이래야 정이 보째 쏟아지고 또한 계집을 데리고 사는 멋이 있다. 손자새끼 낯을 해가지고 마누라 어쩌구 하고 어리광으로 덤비는 건 보기만 해도 눈허리가 시질 않겠니. 계집 좋다는 건 욕하고 치고 차고, 다 이러는 멋에 그렇게 치고 보면 혹 궁한 살림에 쪼들리어 악에 받친 놈의 말일지는 모른다. 마는 누구나 다 일반이겠지.

가다가 속이 맥맥하고 부하가 끓어오를 적이 있지 않냐. 농사는 지어도 남는 것이 없고 빚에는 몰리고, 게다가 집에 들어서면 자식놈 킹킹거려, 년은 옷이 없으니 떨고 있어 이러한 때 그냥 배길 수야 있느냐. 트죽태죽 꼬집어가지고 년의 비녀쪽을 턱 잡고는 한바탕 홀 두들겨대는구나. 한참 그 지랄을 하고 나면 등줄기에 땀이 뿍 흐르고 한숨까지 후, 돈다면 웬만치 속이 가라앉을 때였다. 담에는 년을 도로 밀쳐버리고 담배 한 대만 피어 물면 된다.

이 멋에 계집이 고마운 물건이라 하는 것이고 내가 또 년을 못 잊어하는 까닭이 거기 있지 않냐. 그렇지 않다면야 저를 계집이라고 등을 뚜덕여주고 그 못난 코를 좋아 보인다고 가끔 추어줄 맛이 뭐야. 하지만 년이 훌쩍거리고 앉아서 우는 걸 보면 이건 좀 재미 적다. 제가 주먹심으로든 입심으로든 나에게 덤비려면 어림도 없다. 쌈의 시초는 누가 먼저 걸었던 간 언제든지 경을 팻다발 같이 치고 나앉는 것은 년의 차지렸다.

"이리와, 자빠져 자."

"곤두어. 너나 자빠져 자렴."

하고 년이 독이 올라서 돌아다도 안 보고 비샌다. 마는 한 서너 번 내려오라고 권하면 나중에는 저절로 내 옆으로 스르르 기어들게 된다. 그리고 눈물 흐르는 장반을 벙긋이 흘겨 보이는 것이 아니냐. 하니까 년으로 보면 두들겨 맞고 비쌔는 멋에 나하고 사는지도 모르지.

그러나 우리가 원수같이 늘 싸운다고 정이 없느냐 하면 그건 잘못이다. 말이 났으니 말이지 정분치고 우리 것만치 찰떡처럼 끈끈한 놈은 다시 없으리라. 미우면 미울수록 싸울수록 잠시를 떨어지기가 아깝도록 정이 착착 붙는다. 부부의 정이란 이런 겐지 모르나 하여튼 영문 모를 찰거머리 정이다.

나뿐 아니라 년도 매를 한참 뚜들겨 맞고 나서 같이 자리에 누우면,

　"내 얼굴이 그래두 그렇게 숭업진 않지?"

하고 정말 잘난 듯이 바짝바짝 대든다. 그러면 나는 이때 뭐라고 대답해야 옳겠느냐. 하 기가 막혀서 천정을 쳐다보고 피익 내어버린다.

　"이년아! 그게 얼굴이야?"

　"얼굴 아니면 가주 다닐까."

　"내니깐 이년아! 데리구 살지 누가 근디리니 그 낯짝을?"

　"뭐, 네 얼굴은 얼굴인 줄 아니? 불밤송이 같은 거, 참, 내니깐 데리구 살지."

　이러면 또 일어나서 땀을 한번 흘리고 다시 드러누울 수밖에 없다. 내 얼굴이 불밤송이 같다니 이래도 우리 어머니가 나를 낳고서 나중 땅마지기나 만져볼 놈이라고 좋아하던 이 얼굴인데. 하지만 다시 일어나고 손짓 발짓을 하고 하는 게 성이 가서서 대개는 그대로 능쳐둔다.

　"그래, 내 너 이뻐할 게 자식이나 대구 내놔라."

　"먹이지도 못할 걸 자꾸 나 뭘 하게, 굶겨 죽일랴구?"

　"아 이년아! 뀌다 먹이진 못하니?"

하고 소리는 빽 지르나 딴은 뒤가 켕긴다. 더끔더끔 모아두었다가 먹이지나 못하면 그걸 어떻게 하나. 줴다 버리지도 못하고 죽이지도 못하고 떼송장이 난다면 연히 이런 걸 보면 년이 나보담 훨씬 소견이 된 것을 알 수 있겠다. 물론 십 리만큼 벌어진 양미간을 보아도 나와는 턱이 다르지만.

우리가 요즘 먹는 것은 내가 나무장사를 해서 벌어들인다. 여름 같으면 품이나 판다 하지만 눈이 척척 쌓였으니 얼음을 꺼먹느냐. 하기야 산골에서 어느 놈 치고 별수 있겠냐마는 하루는 산에 가서 나무를 해들이고 그담 날엔 읍에 갖다가 판다. 나니깐 참 쌍지게질도 할 근력이 되겠지만.

잔뜩 나무 두 지게를 혼자서 번차례로 이놈 져다놓고 쉬고 저놈 져다놓고 쉬고 이렇게 해서 장찬 삼십 리 길을 한나절에 들어가는구나. 그렇지 않으면 언제 한 지게 한 지게씩 팔아서 목구녕을 축일 수 있겠느냐.

잘 받으면 두 지게에 팔십 전 운이 나쁘면 육십 전 육십오 전 그걸로 좁쌀, 콩, 떡, 무엇 사들고 찾아오겠다. 죽을 쑤었으면 좀 느루가겠지만 우리는 더럽게 그런 짓은 안 한다. 덕다 못 먹어서 뱃가죽을 움켜쥐고 나설지언정 으레 밥이지.

똘똘이는 네 살짜리 어린애니깐 한 보시기. 나는 저의 아버지니까 한 사발에다 또 반 사발을 더 먹고 그런데 년은 유독 두 사발을 처먹지 않나. 그러고도 나보다 먼저 홀딱 집어세고는 내 사발의 밥을 한 귀퉁이 더 떠먹는 버릇이 있다. 계집이 좋다 했더니 이게 밥버러지가 아닌가 하고 한때는 가슴이 선 듯할 만치 겁이 났다. 없는 놈이 양이나 좀 적어야지 이렇게 대구 처먹으면 너 웬 밥을 이렇게 처먹니 하고 눈을 크게 뜨니까 년의 대답이 애 난 배가 그렇지 그럼, 저도 앨 나보지 하고 샐쭉이 토라진다. 아따 그래, 대구 처먹어라. 나중 밥값은 그 배때기에 다 게 있고 게 있는 거니까. 어떤 때에는 내가 좀 덜 먹고라도 그대로 내주고 말겠다. 경을 칠 년, 하지만 참 너무 처먹는다.

그러나 년이 떡국이 농간을 해서 나보담 한결 의뭉스럽다. 이깐 농사를 지어 뭘 하느냐. 우리 들병이[5]로 나가자, 고. 딴은 내 주변으로 생각도 못했던 일이지만 참 훌륭한 생각이다. 밑지는 농사보다는 이밥에, 고기에, 옷 마음대로 입고 좀 호강이냐. 마는 년의 얼굴을 이윽히 뜯어보다간 고만 풀이 죽는구나. 들병이에게 술 먹으러 오는 건 계집의 얼굴 보자 하는 걸 어떤 밸 없는 놈이 저 낯짝엔 몸살 날 것 같지 않다. 알고 보니 참 분하다. 년이 좀만 똑똑히 나왔더면 수가 나는 걸. 멀뚱이 쳐다보고 쓴 입맛 만 다시니까 년이 그 눈치를 채었는지 "들병이가 얼굴

만 이뻐서 되는 게 아니라던데, 얼굴은 박색이라도 수단이 있어
야지."

"그래 너는 그거 할 수단 있겠니?"

"그럼 하면 하지 못할 게 뭐야."

년이 이렇게 아주 번죽 좋게 장담을 하는 것이 아니냐. 들병
이로 나가서 식성대로 밥 좀 한바탕 먹어보자는 속이겠지. 몇
번 다져 물어도 제가 꼭 될 수 있다니까 아따 그러면 한번 해보
자꾸나. 밑천이 뭐 드는 것도 아니고 소리나 몇 마디 반반히 가
르쳐서 데리고 나서면 고만이니까.

내가 밤에 집에 돌아오면 년을 앞에 앉히고 소리를 가르치겠
다. 우선 내가 무릎장단을 치며 아리랑 타령을 한번 부르는구나.

아리랑 아리랑 아라리요,
춘천아 봉의산아 잘 있거라,
신연강 배 타면 하직이라.

산골의 계집이면 강원도 아리랑쯤은 곧잘 하련만 년은 그것
도 못 배웠다. 그러니 쉬운 아리랑부터 시작할 밖에. 그러면 년
은 도사리고 앉아서 두 손으로 엉덩이를 치며 흉내를 낸다. 목

구멍에서 질그릇 물러앉는 소리가 나니까 나중에 목이 트이면 노래는 잘 할 게다마는 가락이 딱딱 들어맞아야 할 텐데 이게 세상에 돼 먹어야지.

나는 노래를 가르치는데 이 망할 년은 소설책을 읽고 앉았으니 어떡하냐. 이걸 데리고 앉으면 흔히 닭이 울고 때로는 날도 밝는다. 년이 하도 못하니까 본보기로 나만 하고 또 하고 또 하고 그러니 저를 들병이를 가르친다는 게 결국 내가 배우는 폭이 되지 않나.

망할 년 저도 손으로 가리고 하품을 줄대 하며 졸려 죽겠지. 하지만 내가 먼저 자자 하기 전에는 제가 참아 졸리다진 못할라. 애초에 들병이로 나가자, 말을 낸 것이 누군데 그래. 이렇게 생각하면 울화가 불컥 올라서 주먹이 가끔 들어간다.

"이년아? 정신을 좀 채려, 나만 밤낮 하래니?"

"이놈이, 팔때길 꺾어 놀라."

"이거 잘 배면 너 잘되지 이년아! 날 주는 거냐 큰 체게?"

이번엔 손가락으로 이마빼기를 꾹 찍어서 뒤로 떠넘긴다. 여느 때 같으면 년이 독살이 나서 저리로 내뺄 게다. 제가 한 죄가 있으니까 다시 일어나서 소리 가르쳐주기만 기다리는 게 아니냐. 하니 딱한 일이다. 될지 안 될지도 의문이거니와 서로 하품은 뻗질 터지고 이왕 내친걸음이니 그렇다고 안 할 수도 없고 예라 빌어먹을 거, 너나 내나 얼른 팔자를 고쳐야지 늘 이러다 말 테냐. 이렇게 기를 한번 쓰는구나. 그리고 밤의 산천이 울리도록 소리를 뻑뻑 질러가며 넌하고 또다시 흥타령을 부르겠다.

그래도 하나 기특한 것은 년이 성의는 있단 말이지. 하기는 그나마도 없다면이야 들병이커녕 깨묵도 그르지만. 날이라도 틈만 있으면 저 혼자서 노래를 연습하는구나. 빨래틀 할 적이면 빨래방추로 가락을 맞추어 가며 이팔청춘을 부른다. 혹은 방 한구석에 죽치고 앉아서 어깻짓으로 버선을 꿰매거 노랫가락도 부른다. 노래 한 장단에 바늘 한 뀌엄씩이니 버선 한 짝 기우려면 열 나절은 걸리지.

하지만 아따 버선으로 먹고 사느냐, 노래만 잘 배워라. 년도 나만치나 이밥에 고기가 얼른 먹고 싶어서 몸살도 나는지 어떤 때에는 바깥 밭둑을 지나려면 뒷간 속에서 콧노래가 흥이 거릴 적도 있겠다.

그러나 인제 노랫가락에 흥타령쯤 겨우 배웠으니 그담 건 어느 하가에 배우느냐, 망할 년두 참.

게다가 년이 시큰둥해서 날더러 신식 창가를 가르쳐달라구.

들병이는 구식소리도 잘 해야 하겠지만 첫때 시체 창가를 알아야 불러먹는다, 한다. 말은 그럴 법하나 내가 어디 시체 창가를 알 수 있냐, 땅이나 파먹던 놈이. 나는 그런 거 모른다, 하고 좀 무색했더니 며칠 후에는 년이 시체 창가 하나를 배가주 왔다.

화로를 끼고 앉아서 그 전을 두드려대며 네 보란 듯이 자랑스럽게 하는 것이 아닌가.

피었네 피었네
연꽃이 피었네
피었다구 하였더니
불 동안에 봄쳤네.

대체 이걸 어서 배웠을까. 애 이년 참 나보담 수단이 좋구나, 하고 나는 퍽 감탄하였다. 그랬더니 나중 알고 보니까 년이 어느 틈에 야학에 가서 배우질 않았겠니.

야학이란 요산 뒤에 있는 조고만 움인데 농군 아이에게 한겨울 동안 국문을 가르친다. 창가를 할 때쯤 해서 년이 추운 줄도 모르고 거길 찾아간다. 아이를 업고 문밖에 서서 귀를 기울이고 엿듣다가 저도 가만가만히 흉내를 내보고 내보고 하는 것이다. 그래가지고 집에 와서는 희짜를 뽑고 야단이지. 신식 창가는 며칠만 좀 더 배우면 아주 능통하겠다나.

그러나 아무리 생각해봐도 년의 낯짝만은 걱정이다. 소리는 차차 어지간히 되어 들어가는데 이놈의 얼굴이 암만 봐도, 봐도 영 글렀구나. 경칠 년, 좀만 얌전히 나왔다면 이 판에 돈 한 몫 크게 잡는걸.

간혹 가다 제물에 화가 뻗치면 아무 소리 않고 년의 뱃기를 한 두어 번 안 줴박을 수 없다. 웬 영문인지 몰라서 년도 눈깔을 크게 굴리고 벙벙히 쳐다보지. 땀을 낼 년. 그 낯짝을 하고 나한테로 시집을 온 담 뻔뻔하게.

하나 년도 말은 안 하지만 제 얼굴 때문에 가끔 성화인지 쪽 떨어진 손거울을 들고 앉아서 이리 뜯어보고 저리 뜯어보고 하지만 눈깔이야 일반이겠지 저라고 나아 뵐 리가 있겠니.
하니까 오장 썩는 한숨이 연방 터지고 한풀 죽는구나. 그러나 요행히 내가 방에 있으면 돌아다보고

"이봐! 내 얼굴이 요즘 좀 나아가지 않아?"

"그래, 좀 난 것 같다."

"아니 정말 해봐."
하고 이년이 팔때기를 꼬집고 바싹바싹 들어 덤빈다. 년이 능

글차서 나쯤은 좋도록 대답해주려니, 하고 아주 탁 믿고 묻는 거였다. 정말 본 대로 말할 사람이면 제가 겁이 나서 감히 묻지도 못한다.

짐짓 이뻐졌다, 하고 나도 능청을 좀 부리면 년이 좋아서 요새 분때를 자주 밀었으니까 좀 나아졌다지. 하고 들병이는 뭐 그렇게까지 이쁘지 않아도 된다고 또 구구히 설명을 늘어놓는다. 경을 칠 년. 계집은 얼굴 밉다는 말이 칼로 찌르는 것보다도 더 무서운 모양 같다.

별 욕을 다 하고 개잡듯 막 뚜드려도 조금 뒤에는 헤, 하고 앞으로 기어드는 이년이다. 마는 어쩌나. 제 얼굴의 흉이나 좀 본다면 사흘이고 나흘이고 년이 나를 스을슬 피하며 은근히 골리려고 든다. 망할 년. 밉다는 게 그렇게 진저리가 나면 아주 면사포를 쓰고 다니지 그래.

년이 능청스러워서 조금만 이뻤더라면 나는 얼렁얼렁 해 내버리고 돈 있는 놈 군서방 해갔으렸다. 계집이 얼굴이 이쁘면 제 값 다 하니까. 그렇게 생각하면 년의 낯짝 더러운 것이 나에게는 불행 중 다행이라 안 할 수 없으리라.

계집은 아마 남편을 속여먹는 맛에 깨가 쏟아지나 보다. 년이 들병이 노릇을 할 수단이 있다고 괜히 장담한 것도 저의 이 행실을 믿고 그랬는지도 모른다.

새벽 일찍이 뒤를 보려니까 어디서 창가를 부른다. 거적 틈으로 내다보니 년이 밥을 끓이면서 연습을 하지 않나. 눈보라는 생생 소리를 치는데 보강지[6]에 쪼그리고 앉아서 부지깽이로 솥 뚜껑을 톡톡 두드리겠다. 그리고 거기 맞추어 신식 창가를 청승맞게 부르는구나. 그러나 밥이 우르르 끓으니까 띄를 빗겨놓고 다시 시작한다.

젊어서도 할미꽃

늙어서도 할미꽃

아하하 하 우습다

꼬부라진 할미꽃.

망할 년. 창가는 경치게도 좋아하지. 방아타령 좀 부지런히 공부해 두라니까 그건 안 하구. 아따 아무 거라두 많이 하니 좋다. 마는 이번엔 저고리 섶이 들먹들먹하더니 아 웬 곰방대가 나오지 않냐.

사방을 흘끔흘끔 다시 살피다 아무도 없으니까 보강지에다 들이대고 한 먹음 뿌욱 빠는구나. 그리고 냅다 재채기를 줄대 뽑고 코를 풀고 이 지랄이다. 그저께도 들켜서 경을 쳤더니 년이 또 내 담배를 훔쳐가지고 나온 것이다. 돈 안 드는 소리나 배웠겠지 망할 년 아까운 담배를.

곧 뛰어나가려다 뒤도 급하거니와 요즘 똘똘이가 감기로 앓는다. 년이 밤낮 들쳐 업고 야학으로 돌아치더니 그예 그 꼴을 만들었다. 오랄질 년, 남의 아들을 중한 줄을 모르고.

들병이 하다가 이것 행실 버리겠다. 망할 년이 하는 소리가 들병이가 되려면 소리도 소리려니와 담배도 먹을 줄 알고 술도 마실 줄 알고 사람도 주무를 줄 알고 이래야 쓴다나. 이게 다 요전에 동리에 들어왔던 들병이에게 들은 풍월이렷다.

그래서 저도 연습 겸 골고루 다 한 번씩 해보고 싶어서 아주 안달이 났다. 방아타령 하나 변변히 못하는 년이 소리는 고걸로 될 듯싶은지!

이런 기맥을 알고 년을 농락해먹은 놈이 요 아래 사는 뭉태 놈이다. 놈도 더러운 놈이다. 우리 마누라의 이 낯짝에 몸이 달았다면 그만함 다 알짜지. 어디 계집이 없어서 그걸 손을 대구. 망할 자식두.

놈이 와서 섣달 대목이니 술 얻어먹으러 가자고 년을 꼬였구나. 조금 있으면 내가 올 테니까 안 된다 해도 오기 전에 잠깐

만, 하고 손을 내끌었다. 들병이로 나가려면 우선 술파는 경험도 해봐야 하니까, 하는 바람에 년이 솔깃해서 덜렁덜렁 따라섰겠지. 집안을 망할 년.

남편이 나무를 팔러 갔다 늦으면 밥 먹일 준비를 하고 기다려야 옳지 않느냐. 남은 밤길을 삼십 리나 허덕지덕 걸어오는데.

눈이 푹푹 쌓여서 발모가지는 떨어져나가는 듯이 저리고. 마을에 들어왔을 때에는 짜장[7] 곧 쓰러질듯이 허기가 졌다. 얼른 가서 밥 한 그릇 때려눼고 년을 데리고 앉아서 또 소릐를 가르쳐야지.

이런 생각을 하고 술집 옆을 지나다가 뜻밖에 깜짝 놀란 것은 그 밖 앞방에서 년의 너털웃음이 들린다. 얼른 다가서서 문틈으로 들여다보니까 아 이 망할 년이 뭉태하고 술을 먹는구나.

입때까지는 하도 우스워서 꼴들만 보고 있었지만 더는 못 참는다. 지게를 벗어던지고 방문을 홱 열어젖히자 우선 놈부터 방바닥에 메다꽂았다. 물론 술상은 발길로 찼으니까- 벽에 가 부서졌지. 담에는 년의 비녀쪽을 지르르 끌고 밖으로 나왔다. 술 취할 년은 정신이 번쩍 들도록 흠빡 경을 처줘야 할 터이니까 눈에다 틀어박았다. 그리고 깔고 올라앉아서 망할 년 등줄기를 주먹으로 대구 우렸다. 때리면 때릴수록 점점 눈 속으로 들어갈 뿐, 발악을 치기에는 너무 취했다. 때리는 것도 년이 대들어야 멋이 있지 이러면 아주 숭겁다.

년은 그대로 내버리고 방으로 들어가서 놈을 찾으니까 이 빌어먹을 자식이 생쥐새끼처럼 어디로 벌써 내빼지 않았나. 참말이지 이런 자식 때문에 우리 동리는 망한다. 남의 계집을 보았으면 마땅히 남편 앞에 나와서 대강이가 깨져야 옳지 그래 달아난담. 못생긴 자식도 다 많지.

할 수 없이 척 늘어진 이년을 등에다 업고 비척비척 집으로 올라오자니까 죽겠구나. 날은 몹시 차지, 배는 쑤시도록 고프지, 좀 노할래야 더 노할 근력이 없다. 게다 우리 집 앞 언덕을 올라가다 엎어져서 무르팍을 크게 깠지. 그리고 집엘 들어가니까 빈 방에는 똘똘이가 혼자 에미를 부르고 울고 된통 법석이다. 망할 잡년두.

남의 자식을 그래 이렇게 길러주면 어떡할 작정이람. 년의 꼴봐하니 행실은 예전에 글렀다. 이년하고 들병이로 나갔다가는 넉넉히 나는 한옆에 재워놓고 딴서방 차고 달아날 년이냐.

너는 들병이로 돈 벌 생각도 말고 그저 집안에 가만히 앉았는 것이 옳겠다. 국으로 주는 밥이나 얻어먹고 몸 성히 있다가 연해 자식이나 쏟아라. 뭐 많이도 말고 굴 때 같은 아들로만 한

열다섯이면 족하지. 가만있자, 한 놈이 일 년에 벼 열 섬씩만 번다면 열다섯 섬이니까 일백오십 섬. 한 섬에 더도 말고 십 원한 장씩만 받는다면 죄다 일천오백 원이지. 일천오백 원, 일천오백 원, 사실 일천오백 원이면 어이구 이건 참 너무 많구나. 그런 줄 몰랐더니 이년이 뱃속에 일천오백 원을 지니고 있으니까 아무렇게 따져도 나보담은 낫지 않은가.

『사해공론』, 1935

---

1) **줄 대** : 계속하여.
2) **불아귀** : 아귀도에 떨어진 귀신으로 몸이 앙상하게 마르고 목구멍이 바늘구멍 같아서
　　　　음식을 먹을 수 없어 늘 굶주린다고 함.
3) **건순입술** : 위로 들린 입술.
4) **각다귀** : 남의 것을 착취하기 좋아하는 사람을 비유하여 이르는 말.
5) **들병이** : 조선시대에 술장사하는 천한 여자.
6) **보강지** : 아궁이의 방언.
7) **짜장** : 과연 정말로.

아내의 자는 얼굴

'날씨가 갑자기 추워졌다.'

'가을이 가고 겨울이 왔으니 추워질 일이다. 더울 때가 되면 덥고 추울 때가 되면 추워지는 것은 자연의 힘이다. 자연의 힘을 누가 막으며 무어라 칭원하랴? 하지만 자연의 그 힘에 대항할 만한 무기가 없는 사람들의 입에서 칭원이 안 나올 수 없는 일이다.'

'추워지니 그것을 대항하려면 불이 필요하다. 나뭇바리나 단단히 장만해야 될 것이다. 그것은 방을 데우는 데 필요하지만 찬 눈과 쓰린 바람을 무릅쓰고 거리에 나다니려면 의복도 빠지지 못할 요구 조건의 하나이다. 재킷이나 외투 같은 것은 너무도 고상한 것이니 바라볼 생념도 없지만 튼튼한 무명옷에 솜이나 툭툭히 놓아 입어야 얼어 죽은 귀신을 면할 일이다. 나뭇바리 의복은 바깥 장치지만 속 장치도 그만큼은 필요하고 토장국

조밥이라도 뜨뜻이 불쑥이 먹어야 이 추운 겨울에 어린 아내와 같이 이놈의 펄떡거리는 심장의 뜀을 보존할 것이다.'

'무엇보담도 이 삼대 요건 - 나뭇바리, 의복, 쌀 - 인데 어찌해야 이것을 얻나. 못 얻으면 아까운 대로 북망산천의 한줌 흙이 될 것이고 요행으로 얻으면 하루라도 무너져 가는 세상 꼬락서니를 더 볼 것이다. 그것도 세상이 다 같이 그렇다면 문제가 없다. 다 같이 그 무서운 자연의 위력 아래서 삼대 요건이 구비치 못하여 쓰러지거나 그렇지 않으면 삼대 요건이 딱 들어맞아서 다 같이 버쩍 일어서거나 한다면 그렇게 괴로울 것도 없는 일이요 슬플 것도 없는 일이다. 그러나 세상은 그렇지 않다. 그렇지 않으니 괴로운 일이요. 슬픈 일이다.'

'어떤 사람은 삼대 요건이 그 도수[1]에 넘어서 걱정인데 어떤 사람…… 나 같은 놈은 도수에 못 차기는 고사하고 아주 텅 빈 판이며 마르크스의 자본론을 읽지 않아도 마르크스의 머리를 가지게 된다. 프롤레타리아 운동자와 접촉을 못해도 자연 그렇게 된다. 이래서 이 세상은 - 소위 자본 문명 중심의 이 제도는 제이세 제삼세 - 백세 천세의 많은 마르크스를 만드는 것이다.

하여튼 제도는 묘하다. 꽤 고솜하게 되었다. 염통어 고름 든 줄은 몰라도 손톱눈에 가시 든 줄은 안다고 자본 문뎡은 속 썩

는 줄은 모르고 겉치장 자랑에 비린 냄새 나는 웃음을 금치 못한다. 참 묘한데, 꽤 고솜한데 흥.'

끝없는 생각이 기선의 머릿속에 스며들어서 위로 아래로 오르내리다가 '묘하다. 꽤 고솜하다'는 결론에 이르는 때면 그로도 알 수 없어 그는 흥하였다. 그 코웃음! 그것은 묘하고 꽤 고솜한 세상의 미래에 닥칠 어떠한 현상을 눈앞에 그려 보고 치는 코웃음만이 아니라 자기의 조그마한 힘을 조롱하는 뜻도 없지 않다.

앉으나 서나 어느 때나 그의 머리는 그러한 생각에 쉴 새가 없었다. 봄이나 여름에는 그 생각 가운데서도 나뭇바리와 솜의복이 빠지니 좀 늦춰진다고도 하겠지만 늦은 가을로부터 점점 이렇게 겨울이 되는 때, 그의 생각은 한층 복잡하여지고 한층 무거워진다.

'한 몸이면 또 몰라.'

기선이는 아내를 생각하면 더욱 견딜 수 없었다. 어리고 약한 아내가 차디찬 구들에서 자기의 손만 치어다보는 양이 눈앞에 떠오르는 때면 꽤 낙천적인 그의 가슴에도 버석거리는 얼음 덩어리가 꾸욱 들어박힌다.

이러는 때마다 그의 머리에는 번쩍번쩍하는 불길이 번개같이

지나갔다. 일어났다 꺼지고 꺼졌다가 일어나는 그 불길 - 처음
에는 퍽 느리더니 이제는 도수가 너무도 잦아서 일어났다. 꺼지
는 남은 빛이 마저 사라지기 전에 뒤미처 번쩍하여 좀만 더 지
나면 ×과 ××엉겨서 한 커다란 ×××이 될 터이니 그렇게 되면 ×
×× 어찌 그 뇌 속에서만 돌리라고 보증을 하랴?

기선이 자신도 그것을 느낀다. 그럴 때마다 그는 ×××을 생각
한다.

××× - ×× ××× - 몇 만 몇 천의 ××× ××××

"광화문이요!"

뒤숭숭한 생각에 어디가 어딘지도 의식치 못한 기선이는 전
차 차장의 소리에 놀라서 뛰어내렸다.

계모의 낯바대기같이 찡그린 하늘 아래 으릉으릉 전선을 울
리면서 스쳐가는 바람은 아직도 겹옷 입은 그의 몸에 스며들어
서 뼛속까지 사무친다. 그는 몸을 송그리 굴면서 장충단 쪽으
로 향하였다.

금년 가을에 필운동 막바지에서 집세 때문에 몰려난 뒤에 이리
로 왔다. 중앙지는 세가 너무도 비싸서 그에게는 인연이 없었다.

저녁밥을 먹은 뒤에 그는 책상에 마주 앉아서 책을 읽었다.
구들이 어떻게 찬지 얼음판에 앉은 것같이 궁둥이가 저려 올랐

다. 곁에 앉아서 바느질하는 아내도 추운지 몸을 웅송그리고 앉아서 바느질을 하는 그 낯빛은 검푸르다. 그것을 볼 때 기선의 가슴은 그저 스르르 하였다.

그는 읽던 책을 턱 덮으면서,

"여보, 추운데 낼 하구 어서 자우."

하고 담배를 피웠다.

"솜을 어서 사야 할 텐데 어쩌면 좋겠소?"

아내는 남편을 보았다.

"솜? 사지 흥."

남편은 코웃음을 쳤다.

"낼은 사다 주어 응?"

아내는 인정 있이 말했다.

"그래 내일은 꼭 사다 주지."

남편은 쾌활스럽게 말하면서 아내를 보고 벙긋하였다.

"응 또 거짓말 - 어제는 꼭 오늘도 꼭 하고도 - 낼은 쌀도 팔아야."

아내는 바느질을 하면서 뒷말을 혼잣말처럼 뇌였다.

"그래 다 해 주지. 그것만 해, 돈만 있으면 삼층 양옥에 피아노 놓고, 하하하."

"저것 봐, 딴소리만 툭툭 하시면서."

아내는 힐끔 눈을 주면서 방긋 웃었다.

"하 글쎄 내가 두고 안 해 주오? 없으니 그렇지."

그는 갑갑한 듯이 아내를 보았다.

"그런데 집세 때문에 오늘도 왔던데."

아내의 낯에는 어둑한 기운이 스르르 덮이었다.

"뭐랍디까?"

"뭐라니 창피막심해서. 사람이, 나가라는 둥 별별 소리가."

아내의 말은 흐리마리하였다.

"이 댐에는 오거든 좀 굴어 놓구려."

남편의 소리는 짜증이 절반이다.

"아이구 저러니 내가 어떻게."

아내는 바느질감을 밀어 놓았다.

"그만 것도 못 굴어 놓는담."

"글쎄 내가 뭐라고 하겠소?"

아내는 청원이나 하는 듯하다.

"그만 뱃심도 없이 어떻게 살겠소! 없는 놈이 뱃심이나 부리지!"

"앗다 당신은 뱃심 잘 부립디다. 빚쟁이가 오면 말도 못 하면
서 흥! 흐흐."

"하하하."

아내가 웃는 바람에 그도 웃었다. 딴은 그렇다. 빚쟁이가 오면 자기 역시 한풀 죽어진다. 자기가 그렇거든 아내는 더할 일이다. 그도 그런 것 저런 것 다 알면서도 제 짜증에 공연히 푸닥거리를 논 것이었다.

더구나 그 몰염치한 가주의 우악한 소리에 가냘픈 아내의 목청을 비교하여 보고 그들이 서로 만나 나가라 말아라 하고 집세 때문에 다투는 광경이 눈앞에 선연히 떠오르는 것 같아서 불쾌하였다.

동시에 아내가 불쌍하기 그지없었다. 그는 다시 책을 들었다. 모든 화를 잊어버리려고 하였다. 주관이 힘세게 움직일 때 객관적 용납을 허락치 않는 것이다. 입으로는 줄줄 읽었으나, 눈으로 보았으나 그것이 무슨 소린지 알 수 없었다. 머릿속에는 이 생각 저 생각이 용솟음을 쳤다.

이러한 생활도 하루나 이틀이면 모르지만 벌써 얼마냐? 삼십 년 가까이 어느 날 볕이라고 볼 때가 없으니 고생도 할 대로 다 하였다.

"내일이나 명년이나."

이렇게 희망을 붙여 왔으나 그 날이 그 턱이다. 겨우 일자리라고 얻어 놓으면 월급이 나오지 않고 그렇다고 뛰어나오면 역시 일자리를 얻기 어렵고 이제는 막다른 골목이다. 그것도 혼자 있는 때 같으면 배고프나 헐벗으나 괜찮겠지만 여편네까지 거느리게 되니 짐은 몇 갑절이나 더 무거워졌다.

"공연한 짓!"

그는 너무도 괴로운 때면 이렇게 아니 하였다는 것을 후회하였다. 어느 때든지 생활 곤란을 면하고야 장가든다고 성명한 자기가 아니었던가 하고 생각하면 자기라는 인격의 의지가 너무도 약하게 보였다. 그러나 한걸음 더 들어가는 때에는 그의 생각은 뒤집혔다.

"나는 사람이다. 청춘이다. 사람은 빵에 주리나 성에 주리나 주린 의미에 있어서는 한가지다. 생활 곤란, 그것이 내게는 점점 더 닥치면 닥쳤지 늦추어질 날은 없을 것이다."

"응, 어떤 놈은 계집을 세넷씩 가지고 어떤 놈은 하나인 것도 못 먹어서."

이렇게 생각하면 가슴이 좀 풀리고 무슨 빛이 나아갈 앞길의 빛이 뵈는 것 같으나 이론은 어디까지 이론이요, 실제는 어디까지 사실이다. 자기의 현상을 돌아볼 때도 가슴은 뿌듯하였다. 그는 펴놓았던 책을 덮으면서 아내를 돌아보았다.

아내는 아랫목에 펴놓은 이불 위에 입은 채 옹송그리고 누워서 삭 삭 잔다.

창백한 아내의 얼굴. 자기와 처음 만날 때에는 포동포동한 두 뺨이 발그레하고 빨간 입술에 윤기가 흐르더니 불과 일 년이 못 되어서 뺨이 드러나고 입술이 검푸렀다.

아, 주림의 상징이여! 굶은 귀신이여!

그것을 본 그의 머리에는 지나간 기억이 또다시 번쩍거렸다. 밥이 적으면 자기는 배가 아프다고 핑계를 하고 적게 먹었고, 구들이 차면 자기의 체온을 아내에게 전하려고 애를 썼다.

그 아내도 어떤 때는 꾀배를 앓고 드러누워서 밥을 한술이라도 더 자기 입에 넣으려고 애쓰는 것을 보았다. 그의 눈은 흐리었다. 가슴은 쓰렸다.

그런 것 저런 것 생각하면서 지난해의 모습이 다 스러진 아내의 자는 낯을 볼 때 그는 자신도 모르게,

"오오 주린 귀신이여!"

하였다. 그의 눈에는 핏대가 섰다. 그 모든 것이 보기가 싫었다. 주위는 검은 연기가 들어찬 것 같았다. 그만 칼이나 도끼로 아내를 푹 찍어서 그 꼴을 보지 말고 자기도 죽어 버리고 싶었다.

그러나 초초 분분이 흘러서 끓던 생각이 주저앉을 때 그의

가슴에는 말할 수 없는 정회가 치밀었다. 아내에게 대한 그 몹쓸 생각을 뉘우쳤다. 뉘우치는 정이 치밀어오를 때 그는 그로도 모를 힘에 아내의 목을 꼭 껴안았다.

기선의 두 눈에서 흘러내리는 뜨거운 눈물은 방울방울이 아내의 낯에 떨어졌다. 그 바람에 잠을 깬 아내도 기선의 목을 꼭 껴안았다. 뜨거운 청춘의 가슴에 끓어 넘치는 순진한 정이 서로 엉키는 때에 사람은 새로운 힘을 얻는다.

『조선지광』, 1926

---

1) **도수** : 어떠한 정도.

모던걸 · 모던뽀이의 연애와 사랑

저자소개

이익상
(1895~1935) 소설가.

전주 출신.
카프의 발기인으로 참가했고 신경향파 문학을 추구하였다. 언론인으로도 활동하였다.
주요 작품으로 '어촌', '젊은 교사', '흙의 세례' 등이 있다

나혜석
(1896~1948) 여류 화가.

수원 출신.
우리나라 최초의 여류 화가로 일본 동경여자미술학교를 나와 조선미술전람회에서 5회까지 연속 입선했고, 1921년 여류 화가로는 처음으로 개인전을 열었다. 소설에도 재능을 보여 '경희', '정순' 등의 단편 소설을 발표하기도 했다. 그러나 예술적 재능과는 달리 사생활은 복잡한 양상을 보여 결국 비극적으로 숨을 거두었다.

현진건
(1900~1941) 소설가.

대구 출신.
도쿄 독일어학교 졸업 후 상해 외국어학교에서 공부했다. 『개벽』에 단편소설 '희생자'로 등단하고 '빈처'로 인정받기 시작했으며 『백조』 동인이 돼 '운수좋은 날', '불' 등을 발표하며 우리나라 근대 단편소설의 선구자가 되었다.

최남선
(1890~1957) 국사학자.

서울 출신.

일본 와세다대학에서 공부하면서 신문학 운동을 벌였으며, 『대한역사』, 『대한지지』 등 귀중한 책을 펴냈다. 3·1 독립선언서를 기초했고, 이 일로 체포되어 2년여 감옥살이를 했다. 조선사편수회 편수위원, 조선총독부 중추원 참의, 만주 건국대 교수를 지내는 등 친일 행위로 비난받고 있다.

계용묵
(1904~1961) 소설가.

평북 선천 출신.

1925년 『조선문단』에 작품을 발표하면서 소설가가 되었다. '백치 아다다'를 발표한 뒤 순수 문학으로 일관했다.

김동인
(1900~1951) 소설가.

평남 평양 출신.

일본 메이지학원 중학부와 가와바타 미술학교를 졸업했다.

'약한 자의 슬픔'을 시작으로 '목숨', '배따라기', '감자', '발가락이 닮았다' 등 단편을 발표하였고 신경향파 및 카프문학에 맞서 예술지상주의를 추구했다. 생활고 해결을 위해 소설쓰기에 전력하다가 마약중독에 걸리기도 했고 한국전쟁 중 병으로 사망했다.

여운형
(1885~1947) 정치가.

경기도 양평 출신.

1918년 중국으로 건너가 상해에서 신한청년당을 조직했고, 1921년 상해에서 고려공산당에 가입하여 활동하였다. 독립운동을 하다 옥살이도 했고, 1944년 일본의 패망을 미리 짐작하고 비밀리에 조선건국동맹을 조직했다. 해방 뒤 좌우 합작 운동을 추진하다 1947년 암살되었다.

김유정
(1908~1937) 소설가.

강원도 춘성 출신.

카프문학에 대항하여 이효석, 현진건, 김기림, 이상, 이무영 등과 함께 순수 문학을 옹호하는 9인회를 조직했다. 작품으로 '동백꽃', '소나기', '노다기' 등이 있다.

최서해
(1901~1932) 소설가.

함경북도 성진 출신.

가난한 집안에서 태어나 어려서부터 각지로 전전하며 품팔이·나무장수·두부장수 등 밑바닥 생활을 뼈저리게 체험하였으며, 이러한 체험이 그의 문학의 바탕을 이루었다.

1924년 단편'고국'이 『조선문단』에 추천되면서 문단에 데뷔, 계속 '탈

출기', '기아와 살육'을 발표하면서 신경향파문학의 기수로서 각광을 받았다. 특히'탈출기'는 살길을 찾아 간도로 이주한 가난한 부부와 노모, 세 식구의 눈물겨운 참상을 박진감 있게 묘사한 작품으로 신경향파 문학의 대표작으로 평가된다.

그의 작품은 모두가 빈곤의 참상과 체험을 토대로 묘사한 것이어서 그 간결하고 직선적인 문체에 힘입어 한층 더 호소력을 지니고 있었으나, 예술적인 형상화가 미흡했던 탓으로 초기의 인기를 지속하지 못하고 불우한 생을 살다가 일찍 죽었다.